Jürgen Kowalski

AF199600

Ein Jamaikaner in Stuttgart

Einleitung

Ich feierte gerade meinen neunzehnten Geburtstag und lebte auf der schönen Karibikinsel Jamaika. Alles lief bestens. Jeden Tag schönes Wetter, das Meer direkt vor der Haustür und eine Menge Freunde, mit denen ich abhängen konnte. Meine Eltern machten auch keinen Stress, bis auf einen ganz denkwürdigen Tag. Meine Mutter kam ursprünglich aus Deutschland, genauer gesagt aus einer Stadt, die ich zuvor nie hörte und ich mir eigentlich auch nicht merken wollte. Warum auch? Nie hatte ich vor ihr Geburtsland kennenzulernen. In zahlreichen Gesprächen erzählte mir mein Vater von seinen Erlebnissen und warnte mich jedes Mal davor. Trotzdem wuchs ich in zwei Kulturkreisen auf. Von ihm erlernte ich das Kiffen, von meiner Mutter das Zubereiten von Maultaschen. „Ein bisschen Heimatgefühl muss er dann auch mitbekommen!", fauchte sie immer meinen Vater an, wenn er sie darauf ansprach. Nicht nur das wurde mir aus der fremden Heimat mitgegeben. Auch bei der Namenswahl meines Hundes hatte sie ein gehöriges Wort mitgesprochen. Schon etwas komisch schaute mein Freundeskreis, als ich ihnen mein neues Haustier vorstellte.

„Was ist denn das für ein komisches Wort?", schallte es mir entgegen, als ich ihnen den Namen übersetzte.

„Weiß ich doch nicht! Hat meine Mutter ausgesucht. Keine Ahnung was Schlitzbronsa heißt, hört sich aber cool an!"

Eigentlich hatte ich mich auf ein weiteres ruhiges Leben eingestellt, aber wie schon kurz angedeutet, kam es anders. Mein Vater und ich saßen gerade auf unserer Terrasse, schauten auf das Meer und probierten gerade die neue Ernte. Echt scharf war das was er angebaut hatte. So wusste ich auch nicht, ob ich das wirklich hörte was meine Mutter sagte, oder ob das so eine Art Nebenwirkung war.

„Habe gerade mit meiner Mutter telefoniert. Sie ist krank geworden. Du musst sie besuchen und ein paar Wochen pflegen!", sprach sie als wir gerade den Dampf in den nächtlichen Himmel bliesen.

Von mir kam keine Regung. Warum auch? Ich dachte nur, dass er doch eine echt arme Sau ist. Jetzt, mitten in der Erntezeit nach Deutschland fliegen, dass braucht kein Mensch. Während ich mir das so überlegte, fiel mir eins auf. Auch von ihm kam kein Gefühlsausbruch, und als ich in die fordernden Augen meiner Mutter blickte, wusste ich auch was gespielt wurde.

„Ich????!", schrie ich laut auf und verschluckte mich beinahe am Rauch. Das passierte mir in meiner langjährigen Kiffer-Karriere noch nie. Mein Vater zog genüsslich am Joint und war froh, dass der Kelch an ihm vorbeiging.

„Was soll ich da? Noch nie war ich in dieser Stadt. Wie heißt die überhaupt?", fragte ich und schaute zu meinem Vater. Der zuckte nur mit seinen Schultern und sagte etwas von: „Schmerzen machen vergesslich!" Einen kleinen Rempler bekam er dafür natürlich von meiner Mutter.

„Ich würde ja selber fliegen, geht aber nicht. Habe nächste Woche einen Termin. Und wie ihr alle wisst, brauchen wir das Geld. Keiner von euch hat einen Job."

Es war immer das gleiche Thema. Mein Vater und ich genossen ein wenig unser Leben und hatten es jetzt nicht so wirklich mit der herkömmlichen Arbeit. Wobei wir sehr davon überzeugt waren, dass Pflanzen bewässern doch eine richtige Tätigkeit wäre. Sie nicht!

„Du fliegst und pflegst Oma, bis sie wieder gesund ist. Das ist mein letztes Wort!", sprach sie und zog ab. Schlitzbronsa erkannte meine missliche Lage und legte seinen Kopf auf meine Beine. Auch mein Vater sah meinen traurigen Blick und bot mir einen weiteren Zug an.

„Erzähl mal. Was erwartet mich alles in Deutschland?",
fragte ich und bat außerdem darum, dass er nicht alles
alleine rauchen sollte.

„Das willst du nicht wissen, mein Sohn. Ich wollte dich
davor immer beschützen, aber jetzt kann ich nicht
mehr. Ich musste meine Zustimmung dazu geben,
ansonsten hätte deine Mutter unsere Plantage platt
gemacht."

Er wollte mir nicht erzählen auf was ich mich alles
gefasst machen musste, konnte sich aber eine Träne
nicht ganz verkneifen. „Wenn mein Vater schon mal
weint, muss es wirklich schlimm sein", dachte ich mir.
Die erste Vermutung bestätigte sich auch recht schnell.
Wie ein Oberfeldwebel stand meine Mutter im Zimmer,
und beobachtete mich beim Kofferpacken. Alle Sachen,
die ich lustlos in den Koffer schleuderte wurden
nochmals inspiziert.

„Spinnst du? Das kannst du nicht mitnehmen!", schrie
sie fassungslos und deutete auf meine Bong.

„Warum nicht?", antwortete ich genauso ungläubig.

„Ich glaube ich muss dich mal ein wenig aufklären. In
Deutschland ist das nicht erlaubt, was dein Vater und
du den ganzen Tag praktizieren!"

„Du meinst ich darf da nicht rauchen?", schrie ich und war schon wieder dabei den Koffer auszupacken.

„Richtig! Und wenn du nicht gleich wieder einräumst, ist es hier auch vorbei!"

Da ich von niemandem Hilfe erwarten konnte, ergab ich mich meinem Schicksal. Am nächsten Tag ging die Reise los. Jetzt wusste ich auch wohin.

„Schdurgard!", schrie meine Mutter erfreut, als sie das Check-In-Schild am Flughafen entdeckte. „Komischer Name!", dachte ich mir, als ich ihre Hände an meinem Körper spürte. Wie bei einer Polizeikontrolle wurde ich gefilzt.

„Bist du sauber? Hast nichts dabei, oder?", fragte sie mich noch vor der Passkontrolle.

„Mama! Natürlich habe ich nichts dabei. In Schdurgard darf man doch nicht!", grinste ich sie an.

„Das ist gut, wirklich. Die sind in Deutschland wirklich knallhart. Du kommst da gleich in den Knast!", übertrieb sie ein wenig, um mir Angst zu machen.

„Das wollen wir doch alle nicht!", sprach ich, nahm meinen Hund Schlitzbronsa und ging durch die Sicherheitskontrolle. Die Herren waren genauso blind wie meine Mutter, so griff ich unter das Halsband meines Hundes und drehte mir erst mal einen.

Ich glaube, die nette Stewardess versprach sich auf dem kompletten Flug mindestens sieben Mal. Immer sagte sie das Wort Stuttgart und nicht Schdurgard. Eigentlich wollte ich sie korrigieren, ging aber nicht. Meine Beine zitterten wie Espenlaub. Denke einfach, einige Gräser waren noch nicht reif genug. Musste aber, im Angesicht meines längeren Auslandsaufenthaltes, auch paar ernten die noch nicht ganz fertig waren. Genau diese schossen direkt ins Kleinhirn und so konnte ich die Flugbegleiterin auch nicht belehren. Schlitzbronza, der netterweise auch mit in die Kabine durfte, und ich zogen es lieber vor ein kleines Nickerchen zu machen. Dieses war auch dringend nötig, sämtliche Süßigkeiten waren bereits aufgebraucht und irgendwie wurde es auch langweilig. Bis kurz vor Spanien schlief ich wie ein kleines Baby, wurde aber durch die Durchsage des Kapitäns aus meinen Träumen gerissen.

„….in Stuttgart erwartet uns eine Temperatur von 2 Grad Celsius mit starkem Schneefall.", hörte ich irgendwie aus den Lautsprechern.

„Schon wieder einer der den Namen dieser Stadt falsch aussprach!", dachte ich mir bei einem lauten Gähnen.

Was aber noch viel schlimmer war, es fiel schon wieder ein Wort dessen Bedeutung ich nicht kannte. „Schneefall" hatte ich noch nie gehört und fragte deshalb bei meinem Sitznachbarn nach. Als mir dieses erläutert wurde, bat ich umgehend den Kapitän den Vogel wieder umzudrehen. Auch sämtliche Stewardessen, die mich unsanft am Arm packten, konnten mich nicht aus dem Cockpit entfernen. Erst das Angebot des Co-Piloten, dass er mir seine Winterjacke zur Verfügung stellen würde, konnte mich einigermaßen beruhigen. Ich konnte das alles nicht begreifen. Wie kann es sein, dass weiße Flocken vom Himmel fallen können? Tatsächlich, als das Flugzeug in Schdurgard landete, war alles weiß. Jeder hatte eine dicke Jacke an, außerdem eine Mütze auf dem Kopf und Handschuhe an den Fingern. „Dies würde für mich nie in Frage kommen", dachte ich mir. Durch so eine Kopfbedeckung kämen meine Rastalocken nicht mehr zur Geltung. Kurz vor der Gepäckausgabe wollte ich eigentlich noch gemütlich einen durchziehen, ging aber nicht. Schlitzbronsa bekam Besuch von einem Schäferhund. Nicht nur das er von diesem nur leicht angeschnüffelt wurde, nein völlig außer Rand und Band war der andere Köter. Mein Hund wurde von dem des Zolls bestiegen.

„Ist das Ihr Hund?", fragte mich der nette Polizist.

„Ja, das ist meiner!"

„Unser Drogenhund schlägt an. Kann es sein, dass Sie gerade versuchen etwas zu schmuggeln?", wurde ich ein weiteres Mal gefragt.

„Ihr Hund schlägt nicht nur an, er besteigt gerade meinen Schlitzbronsa!", antwortete ich doch etwas energischer.

„Wie heißt Ihr Hund?"

„Schlitzbronsa!"

„Wie?"

„Schlitzbronsa!"

Ein Polizist hatte schon eine Träne in den Augen und drehte sich leicht weg. Der andere konnte sein Lachen ebenfalls nicht unterdrücken.

„Ein Hund der so einen Namen hat schmuggelt nicht", sprach ein Zöllner zum anderen und sie versuchten ihren Hund von meinem zu trennen.

„Schlitzbronsa!!!???", hast du das schon mal gehört?", vernahm ich noch leise als mein Gepäck endlich kam.

Was daran so lustig war konnte ich nicht ganz nachvollziehen. Unendlich froh war ich aber, dass mein kleiner Aufbewahrungsort nicht aufflog. Wie hätte ich sonst diese unmenschliche Kälte ausgehalten. Nicht nur die Jacke des Co-Piloten, sondern auch die meines Sitznachbarn hatte ich an. Diese schenkte er mir noch als Gegenleistung, dass ich endlich meine Schnauze hielt und nicht immer über irgendwelche Geräusche im Flugzeug lästerte. Er hatte eine unglaubliche Flugangst. Da stand ich nun, eingehüllt in zwei Daunenjacken und sah dem Schneetreiben zu. Die Horrorgeschichten meines Vaters wurden bittere Realität.

Kapitel 1: Oma

Meine Oma war eine, die kein Mensch braucht. Eine ältere Dame, die den ganzen Tag am Nörgeln war. Einmal war das Wetter zu kalt, am nächsten Tag zu warm. Einmal fehlte ihr der Wind, dann war es zu stürmisch. Es verging kein Tag, an dem sie sich nicht über irgendeinen Scheiß aufregte. Und dann kam ich. Ein, mit Rastalocken verzierter junger Mann, der in seinem Leben noch nie richtig gearbeitet hatte. Schon allein mein Anblick warf sie zwei Monate in ihrer Genesung zurück.

„Ja hän die bei deina Erziehung älles falsch gmocht!", sprach sie, als sie mich das erste Mal sah.

Ich wuchs zwar zweisprachig auf, aber das verstand ich nun wirklich nicht. Desweitern konnte ich auch den Grund meines Aufenthaltes nicht ganz nachvollziehen. Einen stinknormalen Beinbruch hatte sie nur, also kein Grund, dass ich unsere Ernte dafür verpasste.

„Was issn des für a Hündle?", sprach sie weiter als Schlitzbronsa gerade auf ihre Couch sprang.

„Oma, das ist mein Hund. Den habe ich mitgenommen", antwortete ich recht freundlich. Je netter ich war, desto früher konnte ich auch wieder nach Hause, waren meine Überlegungen.

„Ja desch is aba a netts Hündle!", kommentierte sie Schlitzbronsas Auftritt, als er gerade ihren Hals abschleckte.

„Schlitzbronsa! Nicht! Geh von der Couch und komm her!", schrie ich meinen Hund an.

Auch sie hatte, wie die zwei Polizisten zuvor auch, einen komischen Gesichtsausdruck in den Augen.

„Wie höscht dei Hündle?"

„Schlitzbronsa!"

„Die hän aba an komische Humor da obe!", hörte ich noch irgendwie aus ihrem Mund.

„Jetzt goscht erstamal in die Küch und mascht ma a Teele!", befahl sie mir und deutete auf die Kanne. Nur durch diese Handbewegung konnte ich einigermaßen ihren Wunsch deuten.

Jeden Tag wurde ich durch die Gegend gescheucht. Ihr gefiel es, dass sie endlich jemanden hatte, den sie rumkommandieren konnte. Eine Woche glich der anderen. Sie lag auf dem Sofa, ich sprang durch die Gegend. Einmal war der Tee zu warm, einmal zu kalt. Auch das von mir zubereitete Essen schmeckte ihr natürlich nicht, was aber sicherlich nur daran lag, dass ich gar nicht kochen konnte, sondern nur das Hundefutter warm machte. „Was für Schlitzbronsa gut ist, ist auch gut für sie!", dachte ich mir jedes Mal. Jeder Tag war der reinste Horror. Selbst das Gras konnte mich nicht sonderlich erheitern, vor allem weil auch die Notreserve sich schon langsam dem Ende neigte.

„Wie lange dauert denn so ein Beinbruch?", fragte ich meinen Vater am Telefon.

„Normalerweise ein paar Wochen, bei deiner Oma drei Monate länger!", sprach er mit weinerlicher Stimme. Er konnte es sich bis heute nicht verzeihen, dass ihm seine Plantage wichtiger war als ich.

„Soll das heißen, ich muss noch ewig hier bleiben?"

„Bis sie wieder komplett gesund ist!", meinte deine Mutter bei unserem letzten Gespräch. Sie hatte dabei so eine komische Schere in der Hand und drohte in den Garten zu gehen."

Gut, jetzt wusste ich zumindest was so alles auf mich zukam. Ich hatte zwei Möglichkeiten. Erstens ich überlasse den Heilungsverlauf weiter der Schulmedizin, oder ich schwenke um auf die Natur. Mit einem beherzten Griff in meinen Koffer entschied ich mich für das letztere. Drei Stunden stand ich in der Küche um sämtliche Dinge vorzubereiten. Ein paar wichtige Zutaten fehlten mir leider und so musste ich diese noch besorgen.

Mittlerweile war ich schon fast drei Wochen in Stuttgart. Der Kapitän und die Stewardess hatten recht, es hieß wirklich so und nicht wie es meine Mutter aussprach. Das einzige was ich sah waren die weißen Flocken, die immer noch vom Himmel fielen. Auf die Frage wann das denn wieder mal aufhören würde, kam nur eine knappe Antwort:

„Ebbes wird sich der liebe Gott scho dabei dacht ham!"

„Der liebe Gott hat sich auch so einiges gedacht, als er das Gras erfand", wurde meinerseits überlegt. Ich rauchte seit meinem zehnten Lebensjahr und hatte noch nie einen Beinbruch. Auf die Schulmedizin war einfach kein Verlass und so war mein erster Gedanke, auf die Natur umzuschwenken, doch goldrichtig.

„Oma, ich geh mal kurz einkaufen. Brauchst du etwas?", schrie ich durch die Badezimmertür.

Nach ein paar Sekunden immer noch keine Regung bei meinem Gesprächspartner.

„Oma!! Ich geh einkaufen!!! Brauchst du etwas!",
schrie ich, direkt an die Tür gelehnt und mit voller
Lautstärke.

„Binden, aber die extragroßen!"

Ich hätte nicht schreien, sondern es bei dem ersten
Versuch belassen sollen.

„Goscht zum Edeka, die hän die besonders
saugstarken!"

Schon alleine bei dem Gedanken musste ein beherzter
Griff unter das Halsband meines Hundes her. Frisch
gestärkt und mit dem sicheren Gefühl, dass ich vor
jedem Beinbruch geschützt bin, schrieb ich meinen
Einkaufszettel:

200 g Zucker
4 Eier
1 Tasse Mehl
1 Tasse geschmolzene Butter
Schale einer Zitrone oder Zitronenaroma
2 EL Rum
50 g Bitterschokolade
Hasch - ca. 4-5 g
Ein wenig geriebene Haselnüsse
Backförmchen aus Papier

Binden, aber extra saugstark!

Die gesamte Liste gestaltete sich nicht wirklich als große Herausforderung. Alles bekam ich in diesem Laden, bis auf das Wichtigste, das Hasch. Sämtliche Verkäuferinnen zeigten mir, nach Vorbringen meiner Frage, nur den Vogel. Auch der Filialleiter konnte mir nicht wirklich weiterhelfen.

„Des hän ma net!", rief er mir unfreundlich entgegen und gab seinem Ladendetektiv ein Zeichen, dass er doch mal ein Auge auf mich werfen sollte.

„Klar, drei Regale mit alkoholischen Getränken haben die schon, aber die Grundnahrungsmittel eines Jamaikaners können die nicht führen!", dachte ich mir.

„Und Binden? Wo sind die Binden?", schrie ich ihm noch hinterher.

„Ja do wos imma hän! Die koscht aba net rauchn!", lachte er noch irgendwie unverständlich in Richtung seines „Privatschnüfflers". Der ließ mich auch wirklich den gesamten Einkauf nicht mehr aus den Augen. Aber nur aus einem Grund. Nicht kontrollieren wollte er mich, sondern ganz scharf auf meine Mütze war er. Nicht eine bescheuerte Wollmütze mit Bommel dran, so wie sie hier jeder trug, sondern eine mit meinen Nationalfarben zierte meinen Kopf. Nicht nur ich fand, dass dies scharf aussah, auch zwei Mädels an der Kasse konnten ihre Augen nicht mehr von mir abwenden. Lautes Gekicher, verstohlene Blicke trafen mich zusehends, als ich in der Schlange stand. Außerdem war immer noch der „Columbo für Arme" an meinem Rockzipfel. Unsanft wurden die Mädchen von ihrer Mutter am Arm gepackt und in einen noch größeren Sicherheitsabstand gezogen.

„Der isch eina, der kommet aus Cuba und spritscht sich Droge!", wurde eine ihrer Töchter gewarnt.

„Hän i gseh beim Jauch!", war ihr Nachsatz und sie beobachtete mich mit Argusaugen, ob ich einen Schritt näher kam.

„Die Binden habe ich gefunden. Aber wo sind denn die Einwegspritzen!", schrie ich dem Filialleiter entgegen, als er gerade über ein Regal lugte, um mich weiter zu beobachten.

„Hascht ghört, Mädle? Der Jauch hat imma recht!"

Jeder sah mich an, als ob ich von einem anderen Planeten kam, nur die zwei jungen Frauen wurden durch ein Augenzwinkern aufgeklärt. Beim Einpacken wurde sorgfältigst darauf geachtet, dass sämtliche Einkäufe, die einen besonderen Schämfaktor hatten, nach unten verstaut wurden. Alle Zutaten hatte ich nun. Die eine, die eine schnelle Heilung versprach, aber nicht. Bei mir zu Hause bekäme man diese an jeder Ecke, hier war das doch etwas schwieriger. „Sollte meine Mutter doch Recht haben? Sind die hier wirklich so drauf, wie sie es mir in zahllosen Gesprächen noch mit auf den Weg gegeben hat?", schoss es mir durch den Kopf, als ich einem der Mädels noch einen Handkuss zuwarf.

„Entschuldigung! Die Mütz, isch die Original?", fragte mich der Ladendetektiv am Ausgang.

Den Oberschnüffler hatte ich bei meiner Angst um eine schnelle Genesung glatt wieder vergessen.

„Ja, ist sie. Und um weitere Fragen vorzubeugen, dass Mehl habe ich bezahlt!"

„Jounger, des isch mir doch wurscht! I brauch drei Dieb in der Woch und die hab i scho längst!", sprach er und schielte weiter auf meine Kopfbedeckung.

„Wos mogscht denn dafür hän?"

Die wirkliche Gegenleistung konnte ich im Angesicht seines Berufes nicht vorbringen. Obwohl, beim näheren Betrachten machte er mir doch einen recht coolen Eindruck, der sich auf dem Kundenparkplatz auch bestätigte.

„Des isch was ganz guards. Hän i mibrocht aus Amsterdam!", sprach er und überreichte mir ein kleines Päckchen.

Meine Mutter hatte doch nicht Recht. Selbst die Detektive dealten hier am helllichten Tag. Ein kurzer Blick genügte um festzustellen, dass dies genau das richtige Zeug war um meiner Oma wieder auf die Beine helfen zu können. Wir machten das Geschäft. Er bekam meine Mütze, ich im Gegenzug sein Hasch.

„Das kannst du nicht machen!", sprach mein Vater am Telefon, als ich ihm von meinem Vorhaben erzählte.

„Warum nicht?"

„Das bringt sie um!"

Nach kurzem Überlegen dann doch eine andere Antwort.

„Junge mach es und nimm die doppelte Menge!"

„Meinst echt?"

„Ja, die ist zäh wie ein alter Büffel. Da braucht man schon härtere Geschütze!", sprach er leise um nicht von seiner Frau gehört zu werden. Diese wiederum hatte Ohren wie ein Luchs und fragte deshalb genauer nach.

„Dein Sohn macht gerade einen schönen Kuchen für deine Mutter. Die beiden verstehen sich prächtig miteinander.", schrie er in Richtung Küche.

„Das ist schön, das freut mich!", hörte ich noch leise von ihr sagen.

„Sohn, mach es so!", sprach er und legte auf.

„Die doppelte Menge?", überlegte ich mir noch beim Rühren des Teiges.

„Ne, das kann ich nicht machen! Die springt aus dem Fenster, weil sie denkt sie wäre ein Kanarienvogel!"

„Des sind die falschen Binden, du Säckel!", hörte ich, als sie gerade die Einkaufstüte durchforstete.

„OK, die doppelte Menge!"

Mir wurde es schon etwas komisch, als ich das erste Stück probierte. Alles cool, alles easy war es hier. Selbst die weiße Scheiße, die von Himmel fiel, war richtig lässig.

„Omama! Lecker Kuchen!", sprach ich doch äußerst beschwingt mit einer Binde auf dem Kopf, als ich das Wohnzimmer betrat. Der erste Biss gestaltete sich als etwas schwieriger. Nicht ums Verrecken wollte sie ihn probieren. Erst nach einem heiligen Versprechen, dass ich kein Hundefutter mehr verkochen würde, nahm sie ihn in die Hand und aß ein Stück. Wie auch bei mir musste man nicht lange auf die Wirkung warten. Mit äußerst glücklichen Augen, einem seligen Gesichtsausdruck, sah sie mich an.

„Der isch aba lecka! Kann i no a Stückle?"

„Klar Oma, wie geht's denn deinem Bein?"

Die letzten drei Wochen humpelte sie wie ein angeschossenes Reh. Jetzt, nach nur einem Spezialkuchen, konnte sie hüpfen wie eine junge Ziege.

„Scho viel bessa!", sprach sie, ging zielstrebig auf die Stereoanlage zu und legte Bob Marley ein. Nicht nur das, eine Rasta-Perücke mit dazugehöriger Sonnenbrille schmückte recht bald ihr Gesicht.

So uncool sie noch vor ein paar Stunden war, so entspannt war sie jetzt. Den ganzen Abend feierten wir wie die Blöden. Immer wenn die Stimmung zu wanken begann, reichte ich ihr nicht nur einen Kuchen, sondern auch einen Teele.

Kapitel 2: Onkel Albert

Das war dann doch ein einschneidendes Erlebnis. Selbst sie erkannte, dass es nicht mehr viel bringen würde, einen auf kranken Hirsch zu machen. „Meine Mission hier war erfüllt und so konnte ich mich wieder den wichtigen Dingen widmen", dachte ich mir. Die Zeiten, in denen ich mit meinen Freunden abhing, kamen mir so weit entfernt vor. So sehr ich mich auch anstrengte, ich konnte mich kaum mehr erinnern wie eine Hanfpflanze aussah. Alles war schon gepackt. Mein Koffer stand bereits im Flur und musste nur noch zum Taxi getragen werden, da klingelte mein Handy. „001876!", eine Vorwahl die mir eine mollige Wärme um mein Herz zauberte. Die restlichen Nummern waren die meiner Eltern.

„Geh in den Garten und putz die Bong!", mit diesen Worten begrüßte ich meinen Vater.

„Meine Bong ist immer sauber!", kam entrüstet zurück.

Das restliche Telefonat war leider nicht so lustig. Meine Mutter bekam die Sondertherapie mit. Sie war zwar von der Genesung begeistert, nicht aber von der Art und Weise.

„Dein Auslandsaufenthalt wird noch ein wenig dauern!", sprach er traurig.

„Aber warum denn das? Sie kann wieder laufen!"

„Ja kann sein. Aber in ihrem Drogenrausch hat sie hier alle angerufen und um Nachschub gebettelt. Das hat dummerweise auch deine Mutter mitbekommen. Vier Wochen Stuttgart müsste als Strafe reichen, meinte sie."

„Noch vier Wochen??!! Papa, hier schneit es!"

Ich kenne meinen Vater. Das „einfach Auflegen" tat ihm mehr weh wie mir.

Irgendwie war mir super langweilig. Meine Oma musste ich durch das beherzte Eingreifen von Mutter Natur nicht mehr pflegen, so blieb sehr viel Zeit übrig. Klar, ich hätte genau das machen können was ich auch zu Hause machte, nämlich nichts, dafür war es mir hier aber einfach zu kalt. Auf meiner Insel konnte ich wenigstens immer auf das Meer schauen und rauchen durfte ich auch. Weder das eine noch das Andere war hier einem vergönnt. Eigentlich war diese Stadt ein Fall für das UN-Kriegsverbrechergericht. Aber selbst wenn man hier kiffen dürfte, ich könnte gar nicht. Nicht dass ich es verlernt hätte, ein Jamaikaner verlernt so etwas nicht, nein, ich hatte kein Geld mehr um mir Gras kaufen zu können. Meine Oma steckte mir zwar gelegentlich etwas zu, aber mit einem Euro in der Woche kommt man nicht weit.

„Junge, die sind so geizig, von denen kannst noch etwas lernen!", gab mir mein Vater noch mit auf den Weg. Recht hatte er. Ich konnte machen was ich wollte, die Alte spuckte einfach nicht mehr aus.

„Ebbes brauch i fürsch Alter!", sprach sie immer wenn ich um etwas Kohle bat. Fürs Alter? Die Frau war zweiundachtzig.

„Woischt Jonger, damals im Krieg da wo der Russ kommet ist!"

Spätestens hier war immer der Zeitpunkt gekommen für einen Griff unter Schlitzbronsas Halsband. Aber das ging ja jetzt nicht mehr. Es gab nur einen Menschen der mir aus der Scheiße helfen konnte, mein Vater. Ein Griff zum Telefon und schon wurde die Nummer gewählt, natürlich mit einer Sparvorwahl, wie es mir mehrmals unsanft eingetrichtert wurde.

„Papa, ich bin es, dein Sohn!"

„Ja klar mein Sohn, welcher Arsch ruft sonst um die Uhrzeit an!"

Scheiße, ich hatte vor lauter Aufregung die Zeitverschiebung vergessen. Konnte mich aber, im Angesicht der Dringlichkeit, mit solchen Nebensächlichkeiten nicht aufhalten.

„Ist das Gras schon fertig? Hast du schon geerntet?", fragte ich hastig. Die Alte tippte schon wieder auf ihr Handgelenk, um mir damit zu signalisieren dass dies kein Ortsgespräch sei.

„Lautes Gähnen und eine unklare Ansage konnte ich vernehmen?"

„Was hast du gesagt?"

„Ja ist fertig. Das Zeug ist so gut. Wenn du das rauchst denkst du, Stuttgart ist eine schöne Stadt.

„Genau das brauch ich jetzt. Kannst mir etwas schicken?", flehte ich ihn an.

„Ich gebe Onkel Albert etwas mit. Wenn er wieder nach Stuttgart fliegt kannst es vom Flughafen abholen!"

Onkel Albert war Kapitän der hiesigen Fluggesellschaft und besserte sich sein Gehalt mit gelegentlichen Kurierflügen auf.

„Das ist gut, werde ihn gleich anrufen, dann kann er mir sagen, wann er wieder mal hier ist!"

Gott und sein Arbeitgeber waren gnädig. Zwar nicht Stuttgart, aber München stand auf seinem Dienstplan. Diese Stadt sagte mir genauso wenig, musste aber hin um an mein Zeug zu kommen. Meine Oma war von meiner Entscheidung überhaupt nicht begeistert und riet mir energisch davon ab.

„Da wohnet nur Schpießer!", sagte sie als ich ihr davon berichtete.

„Naja! Schlimmer als hier kann es auch nicht sein!", dies dachte ich aber auch nur.

„Wie willscht denn da überhaupt no komme?", war eine weitere Frage.

Mit der Zeit gewöhnt man sich an alles, auch an diesen komischen Dialekt.

„Mit dem Zügle!", antwortete ich ganz brav. Die Zeit, bis mein ersehntes Hasch kam, war kaum auszuhalten. Nüchtern konnte man diese Leute überhaupt nicht verstehen. Eines lernte ich aber recht schnell. An jedes Wort musste man eigentlich nur ein „le" anhängen. Hörte sich zwar komisch an, war aber so. Auf die Frage, warum sie dies taten, kam eine erstaunte Antwort.

„Woischt Jounger, wir kännet alläs außer Hochdeutsch!", war immer die Standardantwort meiner Oma.

Noch ein Tag bis Onkel Alberts Drogen-Boing in München landete. Höchste Zeit also, mir die letzten Informationen bei meinem Vater einzuholen. Nach einem sehr lehrreichen Gespräch, in dem er mir dringend riet, das Zeug auf gar keinen Fall der Alten zu verabreichen, verabschiedete er sich.

„Tschüß Papa! Ich geh jetzt ins Bettle und spiel noch a bissle mit meinem Schwänzle!", war meine Verabschiedung.

„Alte Drecksau!", konnte ich noch irgendwie hören.

Der erste Gedanke, mit dem Zug zu fahren, zerschlug sich leider recht schnell. Die Alte spuckte weiterhin nur ihren obligatorischen Euro aus und so musste ich doch tatsächlich nach München trampen. „Was macht man nicht alles, um an verbotene Substanzen zu kommen?", dachte ich mir an einer Autobahnraststätte. Genau hier hielt ich einen kleinen Karton mit der Aufschrift „München" in der Hand und stand in einem bestialischen Schneesturm. Alle Autos mit dem Kennzeichen „S" fuhren ganz schnell an mir vorbei um nicht ausgeraubt zu werden. Alle anderen hielten kurz, schauten mich an und lachten. Selbst von meinen Kollegen den Holländern konnte ich in diesem Moment keine Hilfe verbuchen. Nach zwei Stunden und der Befürchtung, dass mein linkes Bein bald amputiert werden müsste, dann doch ein kleiner Hoffnungsschimmer. Ein Kleinlaster mit dem amtlichen Kennzeichen DO-OF …. parkte direkt vor mir. Zwei junge Männer, die genau dieselben Frisuren hatten wie ich, winkten mich zu sich.

„Bruder! Bist du Original?", fragte mich der Beifahrer.

„Was Original?", ich verstand die Frage nicht auf Anhieb, war aber absolut begeistert, das er nicht „Bruderle" sagte.

„Was meinst du?", fragte ich deshalb etwas komisch nach.

„Is dat auf deinem Kopf echt? Kommst du aus dem geheiligten Land?"

„Ja und Ja. Ist echt und ich komme aus Jamaika!"

Sämtliche Insassen verließen das Auto, knieten sich zu Boden und beteten mich an. Wie ein Erlöser kam ich mir vor.

„Kannst uns was geben? Kurz vor Düsseldorf sind wir in eine Kontrolle gekommen und es wurde uns alles abgenommen!", berichtete mir der Fahrer.

„Habe selber nichts, meine Oma hat alles weggeraucht!"

„Geile Familie!", konnte ich noch leise von jemandem hören.

Nach kurzem Berichten, warum ich mit einem Pappschild und vor allem mitten in der Arktis stehe, wurde ich mitgenommen. Natürlich musste ich versprechen, dass sie später etwas von Onkel Alberts Gras bekommen würden.

„Komm, dann fahren wir los! Je früher wir in München sind, desto besser. Vor allem möchte ich sofort raus hier!" Noch einer, der diese Stadt nicht in sein Herz geschlossen hatte.

„Was ist das Schönste an Stuttgart?", fragte mich ein weiterer Typ, der gerade verzweifelt versuchte noch etwas auf dem Boden zu finden.

„Keine Ahnung!", antwortete ich.

„Die Autobahn nach München!", schallte es im Chor.

Naja, besonders Recht hatte er mit seiner Aussage nicht. Auch hier war das Wetter nicht anders und was noch viel wichtiger war, nirgends konnte ich Hinweisschilder zum Strand sehen.

„Ne haben die hier nicht, nur Berge!", war die Antwort auf meine Frage, ob ich nur keine sehen würde oder ob es wirklich kein Meer gibt.

„Berge?? Was will ich damit?", überlegte ich mir kurz. Da oben war es bestimmt noch kälter. Ich war bereits einem Erfrierungstod sehr nahe. Nur das Hinweisschild auf den Flughafen konnte mich von der innerlichen Kapitulation erlösen. Unfassbare drei Mal wurde ich am Münchner Flughafen kontrolliert. Immer wieder schnüffelte so ein Dreckshund an meiner Hose. Sofort standen vier Polizisten um mich rum und forderten mich auf die Taschen zu öffnen. Sie fanden aber nichts! Meine Drogen waren gerade erst im Landeanflug.

Onkel Albert sah genauso aus wie ich, nur zwanzig Jähre älter. Seine schwarzen Zöpfe hingen unter der weißen Mütze heraus, die Sonnenbrille auf der Nase komplettierte das Gesamterscheinungsbild. Locker, mit zwei Stewardessen unter dem Arm, kam er mir entgegen. Eine herzhafte Begrüßung folgte und natürlich die Übergabe der begehrten Ware.

„Hast keine Angst das du irgendwann mal auffliegst?",
fragte ich ihn auf der Herrentoilette, als gerade das
Gras in meiner Hose verstaut wurde.

„Ne warum? Du glaubst gar nicht wem ich immer alles
was mitbringe! Die Jungs vom Zoll sind ganz heiß auf
das Zeug von deinem Vater!"

„Und dein Arbeitgeber?"

„Die sind super zufrieden mit mir. Nur zweimal habe ich
mich verflogen in den letzten Monaten. Frankfurt am
Main, Frankfurt an der Oder, das kann man schon mal
verwechseln!", meinte er allen Ernstes. Das Gespräch
dauerte auch nicht mehr lange. „Die Stewardessen
bräuchten jetzt seine gesamte Aufmerksamkeit",
meinte er noch beim Ausgang.

So wie Onkel Albert möchte ich auch mal werden.
Coole Uniform, hinfliegen können wo man möchte und
auch nicht gekündigt werden, wenn man den
Städtenamen mal nicht richtig verstand.

„Wir sind nicht die beste Fluggesellschaft aber
bestimmt die Lustigste!", rief er mir noch hinterher, als
er gerade den Hintern einer Flugbegleiterin tätschelte.
Meine Mitfahrer warteten schon auf mich wie ein
Rudel Huskys auf ihr Futter. Es dauerte auch nicht
lange, da lag der Erste völlig prall auf der Motorhaube.

Auch das ständige Bellen von Schäferhund „Sam"
konnte ihn nicht zurück ins Leben bringen.

„Ja, ich war ein Original und nicht nur ich. Auch das von
mir georderte Gras zog denen die Schuhe aus.

Kapitel 3: Eigenbedarf

An sich war das Ganze gar keine schlechte Geschäftsidee, zumindest aber eine Art Zeitvertreib. Nach wie vor war es mir stinklangweilig und die Alte rückte immer noch nicht mehr Kohle raus. Nur wenn ich etwas ganz Besonderes machte wurde mein Wochenlohn angehoben.

„Junge, die Kehrwoch gehert au gmacht!"

Da die meisten Hausgemeinschaften einfach zu geizig waren einen Hausmeister einzustellen, wurden die anfallenden Tätigkeiten unter den Hausbewohnern aufgeteilt. In regelmäßigen Abständen musste jeder einmal den Hausflur reinigen. Zu Hause hatten wir so einen gar nicht, und wenn, würde keiner von uns auf den Gedanken kommen diesen zu säubern. Da die Idee mit dem Haschverkauf dann doch noch nicht ganz fertig durchdacht war, musste ich mich diesem Schicksal beugen. Bewaffnet mit drei Eimern machte ich das, was noch nie von mir vollbracht wurde: Putzen! Natürlich konnte ich es sämtlichen Hausbewohnern nicht recht machen. So richtig lustig wurde es aber, als einige den kompletten Dreck unter ihren Fußabstreifern wiederfanden. Eiligst wurde eine Eigentümerversammlung einberufen, um den ungeheuerlichen Vorgang aufzuklären. Sieben

Schwaben, solche vor die mich mein Vater immer warnte, spielten sich auf als seien sie Richter beim Bundesgerichtshof. Kopfschüttelnd und mit offenem Mund folgten sie den Worten der Chefanklägerin. Diese war eine ältere Dame, die mich sowieso schon auf dem Schirm hatte. Als ob ich was dafür konnte, dass Schlitzbronsa in ihren Rosenbusch kackte. Dieses Schnellgericht verurteilte mich zur Höchststrafe. Zwei Wochen Schneeschippen auf allen Straßen die zu diesem Haus gehörten.

„I hän dir vier Woche ghäm!", kommentierte meine Oma das Urteil. Dass von der Nebenklägerin kein Verständnis zu erwarten war wunderte mich nicht. Es war Mitte Januar. Jeden Tag schneite es wie Sau und die verhängen ein so hartes Urteil? Für jemanden wie mich war das gleichzustellen wie der elektrische Stuhl. Eigentlich war nur ein schnelles Absetzen ins Ausland der geeignetste Weg, nur konnte ich in meinem Heimatland immer noch kein politisches Asyl erwarten.

„Nein geht nicht. Deine Mutter ist immer noch super sauer auf Dich", war die Antwort meines Vaters auf die Frage, ob ich wieder nach Hause kommen dürfte.

Auch die komplette Geschichte konnte ihn nicht dazu bewegen, mal den Mann im Haus zu spielen und mich aus dieser misslichen Situation zu befreien.

„Sohn! Ich kann dir nicht helfen. Eine Frage habe ich aber noch. Was ist ein Putzeimer?"

Ich konnte ihm das noch nicht mal verübeln. Noch vor kurzem kannte ich so ein Plastikteil auch nicht.

„Unfassbar!", kommentierte er meine Erläuterung.

Ich konnte das alles nicht verstehen. Meine Oma war schon lange wieder gesund und trotzdem musste ich weiterhin in dieser Hölle schmoren. „Gut, nüchtern halte ich das hier nicht aus und Geld brauch ich auch. Doch den Gedanken mit dem Haschverkauf weiter intensivieren!", waren meine Überlegungen als er mir die Neuigkeiten erzählte.

„Papa! Es ist super interessant das es seit fünf Wochen nicht mehr geregnet hat, aber kannst du Onkel Albert noch mal etwas mitgeben. Diesmal aber mehr!", unterbrach ich ihn, als er mit seinen Wetterinformationen immer mehr ins Detail gehen wollte.

„Wie viel mehr?", man erkannte durchaus eine gewisse Angst um seinen Bestand in seiner Stimme.

„Ja schon so einiges!"

Durch ständiges Hinreden, dass er gerade sein eigen Fleisch und Blut im Stich und hier versauern lässt, konnte ich ihn davon überzeugen, doch etwas mehr auszuspucken.

Auch mein Onkel Albert war von der Menge nicht gerade begeistert, als er sie mir übergab. Weder die Bedenken von ihm, noch die von meinem Vater, interessierten mich wirklich. Er würde gleich wieder in sein Flugzeug steigen und dieser menschenunwürdigen Kälte entfliehen können. Ich dagegen müsste noch weiter hier bleiben und alles ertragen müssen.

Nachdem ich alles sicher versteckt hatte, rauchte ich mich so zu, dass ich wirklich dachte, ich wäre bei uns zu Hause am Meer.

Die netten Herren mit ihren roten Jacken konnte ich auch nicht davon überzeugen, dass es wirklich nicht so kalt war.

„Sie laufen in Badehose durch den Vorgarten! Und das Ganze in einem dichten Schneetreiben! Sind sie noch ganz dicht?", fragte mich der freundliche Notarzt, den meine Oma eiligst gerufen hatte, als sie mich halbnackt im Garten sah. Da sagt man immer ein Jamaikaner verträgt alles, aber das Zeug haute schon ziemlich rein.

Ich war mir echt sicher, dass ich am Strand liege. Nur das Gekeife der Alten passte nicht in mein Weltbild.

„Haben Sie Drogen genommen?", fragte mich der Arzt als er mir gerade die Wärmedecke wieder abnahm.

„Ich? Nein, natürlich nicht!"

„Logisch hat der ebbes gnomme!", schrie es aus der Küche. Dass die alte Hexe nicht einmal ihren Mund halten konnte.

„Und was haben Sie genommen?", wurde ich ein weiteres Mal gefragt.

„Ja nichts!"

„So können wir Ihnen nicht helfen!"

Ich brauchte auch gar keine Hilfe. Ein oder zweimal noch rauchen und schon war ich wieder in der Liga wo ich auch hingehörte. Während ich von zwei Notärzten in die Mangel genommen wurde, hatte meine Oma nichts Besseres zu tun als in meinen Sachen rumzuschnüffeln.

„Hier Herr Doktor! Oder sind Sie schon Professor?", fragte sie ehrfürchtig unseren Gast.

„Nein, bin ich nicht!", antwortete er abwesend und kontrollierte nebenbei das von ihr mitgebrachte Päckchen. Das gesamte Mitbringsel von Onkel Albert hatte er in der Hand und schaute mich furchtbar sauer an.

„Darf ich mal fragen was das ist?"

„Der eine kennt keinen Putzeimer, der andere kein Hasch. Was für dumme Leute gibt es eigentlich!", dachte ich mir.

„Das jamaikanische Nationalgericht!", kam trocken aus meinem Mund.

„Gras?"

Er kannte es ja doch! Warum fragt der dann so blöd?

„Ja, das ist Gras!"

„WOW!"

„Endlich einer der mein Hobby teilte", dachte ich mir. Auch die anderen Zwischenfragen bestätigten mir meine Vorahnungen. Der zeigte wirklich Interesse für meine Leidenschaft. Ich geriet immer mehr ins Schwärmen und erzählte ihm von meinen Plänen.

„Sie haben hier fast ein Kilo Gras und wollen das verkaufen?"

„Ja klar, geil oder?"

„Und an wen?"

„Egal!"

„Auch an Schulkinder?"

„Bei uns zu Hause rauchen schon welche im Kindergarten, also warum nicht?"

Während ich so weiter philosophierte bemerkte ich gar nicht, dass zwei weitere Herren unser Wohnzimmer betraten. Diese hatten keine roten Klamotten an, sondern Grüne. Auch diese hatten ein unsagbares Interesse an meinem Gras. Irgendwie kam es mir schon komisch vor, als einer von denen an meinem Zeug roch und immer wieder kopfschüttelnd zu seinem Kollegen sah.

„Ich kenn mich mit den Preisen hier noch nicht so aus aber sagen wir mal 100 Euro, für das was Sie gerade in der Hand haben!", sprach ich zu einem, der mehrere so komische Balken auf der Schulter hatte.

„Ich glaube wir haben genug gesehen und vor allem gehört!", sprach ein weiterer Mann und legte mir Handschellen an.

„Junge! Wenn dir irgendetwas komisch vorkommt dann schrei „Eigenbedarf!", diese Worte meines Vaters kamen mir urplötzlich in den Sinn. Ich denke, dass war die passende Situation dafür.

„Ein Kilo ist kein Eigenbedarf!", antwortete ein Polizist schmunzelnd, als er auch noch meine Notreserve an Schlitzbronsa entdeckt hatte.

Die Zelle war eigentlich ganz schön und auch der Richter war ein Netter. Bisschen alt und irgendwie verstand er meine Witze nicht, aber nett.

„Sie geben also zu, im großen Stil mit Drogen gehandelt zu haben?", begann er seine Befragung.

„Nein, habe ich nicht. Ich wollte es aber!", antwortete ich brav. Mein Anwalt gab mir einen Rempler in die Seite und so korrigierte ich meine Aussage sofort.

„Eigenbedarf!", schrie ich ohne Nachzudenken.

„Unter diesem Wort versteht man eine kleine Menge, die für den eigenen Bedarf bestimmt ist!", zitierte er das Strafgesetzbuch.

„Ja, sag ich doch!"

„Eine kleine Menge, nicht fast zwei Kilo!", strafte er mich mit einem bösen Blick.

„Das ist Auslegungssache, Herr Richter!", hauchte ich leise. Mein Anwalt sagte gar nichts mehr. Innerlich gab er den Fall schon als verloren zu den Akten.

„Sie sind jamaikanischer Staatsbürger, also nicht EU-Ausländer!"

„Ist das eine Frage oder eine Feststellung? Wenn Ersteres kann ich sie nicht beantworten. Ich weiß nicht was EU bedeutete!"

„Sie sind nicht EU-Ausländer!", kam es bestimmt vom Richterpult.

„Wenn Sie das sagen. Da vertrau ich Ihnen voll und ganz!"

„Ist das so wichtig?", fragte ich leise meinen Anwalt ins Ohr.

„Wegen dem Strafmaß. Es könnte sein, dass sie sofort ausgeliefert werden und nicht erst hier die Strafe absitzen können."

„Eigenbedarf und nicht EU-Ausländer!", schrie ich voller Freude. Eine sofortige Rückkehr auf meine Insel schien in greifbare Nähe zu rücken.

„Wie alt sind Sie?", wurde ich erneut gefragt.

„Das weiß ich nicht so genau! 70 Prozent von uns können nicht rechnen, die andere Hälfte ist zu blöd dazu!", die Antwort passte zwar nicht so ganz, musste aber ein wenig auf unzurechnungsfähig machen. Noch eine Ewigkeit zog sich der ganze Mist. Nach einer halben Stunde, in der ich mit meinem Anwalt Poker spielte, mussten alle wieder in den Saal.

„Im Namen des Volkes ergeht folgendes Urteil: Der Angeklagte wird des Drogenhandels für schuldig gesprochen!"

„Bingo! Gewonnen! Dann pack ich doch schon mal meine Koffer und verlass dieses schöne Land!", dachte und frohlockte ich innerlich.

„….wird zu einer Gesamtfreiheitstrafe von einem Jahr auf Bewährung verurteilt. Folgende Auflagen sind ihm auferlegt."

Was jetzt kam war der Hammer. Kein Abschieben, kein sofortiges Heimkommen, nein ich musste dreihundert Stunden in einem Kindergarten arbeiten. Ich, der bei dem kleinsten Kinderlärm am liebsten eine Schrotflinte nahm, sollte dort hin!

„Herr Richter! Ich wollte noch viel mehr verkaufen! Schieben Sie mich doch bitte ab. So jemand wie mich kann Deutschland nicht vertragen. Sie müssen mich abschieben!"

„Gegen das Urteil kann innerhalb einer Woche Einspruch eingelegt werden!", fuhr er unerschrocken in seiner Urteilsbegründung weiter. Nachdem er fertig war gratulierte mir mein Anwalt und gab mir die Hand.

„Dachte nicht, dass wir noch gewinnen!", grinste er mich an.

„Was habe ich denn schon großartig gewonnen. Ich muss hier bleiben!", antwortete ich mit einer abfälligen Handbewegung. Wenigstens konnte ich als freier Mann das Gericht verlassen.

Kapitel 4: Kindergarten

Wie oft spielte ich mit dem Gedanken einfach über den Zaun meiner Botschaft zu springen und politisches Asyl zu beantragen. Gründe waren ausreichend vorhanden. Schon die ersten zwei Tage in diesem Kindergarten waren der Horror. Nirgends konnte man ein kleines Nickerchen machen, ohne von den Schreihälsen gestört zu werden. Es war immer das gleiche Spiel. Morgens wollten sie ihr Frühstück, mittags das Essen und am Nachmittag spielen. Auch die Erzieherinnen waren nicht gerade auf meiner Wellenlänge.

„Jesus hatte auch lange Haare, aber bei ihm waren sie nicht so gelockt!", war einer der ersten Sprüche meiner neuen Chefin, als sie mich sah. Auch den Grund, warum ich hier war, konnte sie nicht ganz nachvollziehen.

„Drogen sind kein Ausweg!", schrie sie mit erhobenem Zeigefinger und deutete auf meinen langhaarigen Kollegen an der Wand.

„Jesus hatte auch viele Probleme. Hat er deshalb welche genommen?", fragte sie mich mit einem schiefen Unterton.

„Woher soll ich das wissen? Kenn ihn doch gar nicht persönlich!", antwortete ich und schubste zeitgleich einen kleinen Quälgeist zur Seite. Dreihundert Stunden wurden mir auferlegt, vierzig hatte ich schon. Es ging langsam aufwärts. Eine weitere Auflage des Gerichts war es keine Drogen mehr zu nehmen. Sollte ich mich nicht daran halten, würden die Stunden sofort verdoppelt, bei mehrmaligen Vergehen sogar verdreifacht. Da ich lieber in einem sibirischen Arbeitslager war, als in diesem katholischen Kindergarten, hielt ich mich strikt daran. Nüchtern waren diese Plagen kaum zu ertragen. Dieser ewige Geräuschpegel war erbärmlich. Kinder sind wie Katzen. Genau zu denen, die keine mögen, kommen sie andauernd. Jeden Tag hatte ich einen Haufen um mich herum. Natürlich boxte ich in Momenten, in denen ich mich unbeobachtet fühlte einige weg, aber sie kamen immer wieder. Jeden Tag fühlte ich mich äußerst beschissen und konnte den Zeitpunkt meiner Entlassung kaum mehr erwarten. Nach gefühlten sieben Jahren war es dann auch soweit, mein letzter Tag begann. Alles lief so wie immer. Frühstück machen, danach das Spaßprogramm abspulen und hoffen, dass das alles bald sein Ende nimmt. Eigentlich war ich schon in Gedanken auf meiner schönen Insel. Schnell noch zur Staatsanwaltschaft, meinen Reisepass holen, und dann ab zum Flughafen. Schon gedanklich im Flugzeug ging die Tür auf. Ein Engel, ein zu fleischgewordener Traum stand direkt vor mir. Mit der schlechtesten Laune, die ich je bei einem Menschen gesehen hatte, ging sie auf mich zu.

„Muss hier meinen Dienst antreten, was soll ich machen?"

Die verfilzten Rastalocken schwangen, als sie das fluchte, über ihr Gesicht. Wie ein Bayer eine frisch gezapfte Maß musste ich sie wohl angestarrt haben.

„Hallo!! Jemand zu Hause? Was soll ich machen?", wiederholte sie ihre Frage und klopfte dabei auf meinen Kopf.

„Äh, keine Ahnung. Bin hier nur der Aushilfsclown. Melde dich bei Mutter Oberin, die ist da drüben und macht gerade ein Kind sauber, dass sich in die Hose geschissen hat!"

„Das kann ja heiter werden!", hörte ich noch leise als sie sich auf den Weg machte.

Während mir zwei Kinder das Bein vollkotzten, lauschte ich dem Gespräch. Bei:

„Drogen sind kein Ausweg. Jesus hatte auch viele Probleme!", hörte ich genauer hin. Ihrer Optik zufolge war sie eher eine die in mein Lager zu gehören schien. Dem üblichen deutschen Klischee entsprach sie auf gar keinen Fall. Augenrollend, kopfschüttelnd und laut fluchend hörte sie sich ihre neuen Aufgaben an. Mit den Worten „Scheiß Richter!" kam sie zu mir und wollte eine kurze Einweisung in das Teekochen. Nur zweimal lief das heiße Wasser über meine Hände, als ich einen Blick in ihren Ausschnitt wagte. Natürlich hatte ich eine gewisse Vorahnung, warum sie hier war, wollte aber trotzdem alles genau wissen.

„Warum soll ich dir das erzählen, langt es nicht das ich hier bin?", schiss sie mich regelrecht zusammen, als ich meine Frage vortrug.

„Vergiss doch mal deine Wut und schau mich genauer an. Sehe ich aus als ob ich dich nicht verstehen könnte?", sprach ich und deutete auf meine Locken und der dazugehörigen Wollmütze. Vor lauter Hass auf die deutsche Justiz verlor sie anscheinend das Auge für die wesentlichen Dinge. Mit einem festen Griff wurde mir durch das Haar gefahren und mich genauer betrachtet.

„Mit wie viel haben sie dich erwischt?", fragte sie mit einem frechen Grinsen.

„War alles Eigenbedarf!", lächelte ich zurück.

„Genau wie bei mir! Wir beide sind Fälle von Justizirrtum, ganz klar!", schrie sie Richtung der Kindergartenleitung.

„Jesus wurde unschuldig verurteilt. Ihr seid völlig zu Recht hier!", schrie sie zurück und kreuzigte sich heftig.

Mit derselben Laune wie ich am ersten Tag zog sie ihre Arbeiten durch. Auch das ständige leise Fluchen kam mir sehr bekannt vor, nur stellte ich den Kleinen nicht andauernd ein Bein. Von mir aus hätte dieser Tag noch ewig weiter gehen können, war aber leider nicht so. Ich wurde feierlich aus meinem Dienst entlassen, sie widerwillig eingelernt.

Die ersten Tage nach meinem Ausscheiden verbrachte ich damit nur an sie zu denken. Ich kannte dieses Gefühl gar nicht. Was war mit mir los? Ich konnte nichts mehr essen, nicht mehr schlafen und andauernd klotzte ich auf das Handyfoto, das ich noch heimlich von ihr aufgenommen hatte. Selbst meine Oma erkannte den Stimmungswechsel. Ich versuchte nicht mehr ihr irgendetwas in den Tee zu mischen, sondern vergrub mich in mein Zimmer.

„Bischt verliebt?", fragte sie mich feinfühlig, als sie mich dabei beobachtete, wie ich den gerade frisch zurückgewonnenen Reisepass betrachtete.

„Ja! Und zwar in meine Heimat, die ich bald wieder sehe!", konterte ich ziemlich genervt.

„Genau! Oder in das Mädle vom Kindergarten!"

„Du hast im Schlaf ihren Namen gerufen!", beantwortete sie meinen fragenden Blick.

„Ach Oma, was soll ich nur machen? Sie geht mir nicht mehr aus dem Kopf. Ihr schönes Gesicht, ihre Locken, einfach alles!"

„Dann muscht sie halt amai bsuche!"

Sämtliche Ratschläge von ihr waren in der Vergangenheit der absolute Mist, dieser ebenfalls. Trotzdem ertappte ich mich nur kurze Zeit später, wie ich sie beobachtete. Durch die dichtbewachsenen Rosenbüsche am Rande des Kindergartenspielplatzes konnte ich sie sehen, sie mich aber nicht. Stundenlang sah ich ihr dabei zu, wie sie arglosen Kindern ein Bein stellte, oder der Chefin in den Kaffee spuckte. Sie war einfach göttlich in ihrem Verhalten. Ich war so fasziniert, dass ich gar nicht bemerkte, dass bereits mehrfach Hunde direkt vor mir ihr Geschäft verrichteten. „Ich muss sie wiedersehen!", schoss es mir durchs Kleinhirn, als ich einen dieser Köter wegkickte.

„Aber wie?"

Ich war immer noch auf Bewährung, was wiederum bedeutete, ein Fehler noch und ich müsste wieder mit einer verheerenden Strafe rechnen. Für einen Banküberfall fehlte mir der Mut und vor allem eine Knarre, so blieb eigentlich nur das übrig, was ich auch am besten konnte.

Mitten auf einem Schulhof stand ich. Das selbstgebastelte Schild mit der Aufschrift „Heute Hasch zum Sonderpreis!", baumelte um meinen Hals. Es dauerte auch tatsächlich nicht lange, da stand ein Sondereinsatzkommando vor mir.

„Net scho wieder Sie, lernet Sie gar nix?", rief ein Polizist den ich bereits kannte und hielt mir eine MP vor den Kopf.

„Soll ich gleich in den Kindergarten gehen und meine Sozialstunden ableisten?", fragte ich schon in Erwartung, meinen Schwarm bald wieder sehen zu können.

„Wir hän koine Bananenrepublik. Des musch der Richta entscheide!", sprach der Einsatzleiter, nahm mir das Pappschild vom Kopf und führte mich zum Auto.

So einfach wie ich mir diesen Plan vorstellte war es dann doch nicht. Das ganze Prozedere ging von vorne los, nur blieb mir diesmal die Untersuchungshaft erspart, denn ich kam sofort vor ein Schnellgericht. Diesmal urteilte eine ältere Dame über mein Schicksal. Der Pflichtverteidiger machte ebenfalls nicht den Eindruck, als ob ihn das alles sonderlich interessierte. Gerade mal zehn Minuten dauerte die ganze Verhandlung. Das Urteil bekräftigte meine Ansicht, nie Vertrauen in die Justiz zu haben.

„….ordne ich eine sofortige Abschiebung an!", war der Nachsatz in ihrer Urteilsverkündung. Keine Sozialstunden, kein Wiedersehen mit meiner großen Liebe. Ich musste sofort zum Flughafen und nach Hause fliegen. Natürlich war ich mit dieser Entscheidung alles andere als einverstanden und tat das auch sofort kund. Völlig fassungslos stand ich von der Anklagebank auf und schritt zum Richterpult, bzw. ich versuchte es. Noch bevor zwei Schritte von mir getätigt wurden, kam bereits der Sicherheitsdienst, und hinderte mich an meinem Vorhaben. Mit zwei netten Herren unter dem Arm versuchte ich, sie von ihrem Fehlurteil zu überzeugen.

„Chefin! Das war nicht so gemeint. Ich wollte doch gar nicht das Zeug verkaufen. Ich wollte nur…!"

Bevor ich weiter reden konnte, wurde ich zu Boden gestoßen und es wurden mir Handschellen angelegt.

„Mann ihr Pissköpfe! Wart ihr noch nie verliebt!", schrie ich durch den Saal und konnte einen weiteren Kollegen von mir an der Wand erkennen.

„Noch mal so eine Ausdrucksweise und Sie werden zusätzlich mit einem Ordnungsgeld verwarnt!", schallte es vom Richterpult.

„Chefin mach was du willst aber gib mir nur eine Gelegenheit dir alles zu erzählen, bitte!"

Ein lockeres Handzeichen in Richtung der Sicherheitskräfte folgte. Sie ließen mich los und so konnte ich mein eigentliches Vorhaben endlich vorbringen. Minutenlang hörte sie mir aufmerksam zu, als ich ihr die ganze Geschichte erzählte. Ganz sicher bin ich mir nicht, aber ich glaube eine kleine Träne konnte ich durchaus erkennen.

„Aber sie kennet doch net auf dem Schulhof?", flüsterte sie mir ins Ohr.

„Wusste doch nicht, dass ihr so kleinlich seid!", war meine Entschuldigung.

„Glaubet Sie, dass fünfhundert Stunden langet um Ihre Liebschte näher kennenzulernen?"

„Tausend sind besser!"

„Im Namen des Volkes ergeht folgendes Urteil: Der Angeklagte wird zu tausendzweihundert Stunden soziale Arbeit verurteilt!"

„I hän a bissle was draufglegt. Sicha ist sicha!", lächelte sie mich an.

Den kleinen Luftkuss, den ich ihr zuwarf, hatte sie sich redlich verdient.

Kapitel 5: „Mein Papa"

„Ja lernet Sie gar nix!", hörte ich abermals, als ich mit bester Laune in den Kindergarten schritt. Das Objekt meiner Begierde wurde auch sofort gesichtet.

„Hän i Ihnen net gsogt, dass Droge koi Ausweg sän?", fragte mich die Oberkirchenleitung und packte mich am Arm.

„Ich habe nichts genommen, ich habe nur verkauft!", antwortete ich beiläufig und blickte dabei meiner Liebsten direkt in die Augen. Ein wildes Bekreuzigen konnte ich noch aus meinen Augenwinkeln erkennen.

Mein Schwarm war gerade dabei einen der Kinder in den Kakao zu spucken, als sie mich ebenfalls erkannte. Mit großen Augen sah sie mich an und fluchte etwas was ich nicht gleich verstand. Sämtliche Kirchturmglocken läuteten in diesem Moment gleichzeitig in meinem Schädel.

„Was hast du gesagt?", fragte ich, als das Privatkonzert in meinem Kopf endlich verstummte.

„Wie blöd kann man eigentlich sein, sich zweimal erwischen zu lassen?"

„Habe mich doch gar nicht erwischen lassen!", hauchte ich mit einem Blick auf ihre wunderschönen Augen.

„Und warum bist dann hier?"

„Wegen dir!"

„Wegen mir?"

„Ja!"

Es war Zeit ihr die ganze Geschichte zu erzählen. Was hatte ich zu verlieren? Nichts! Außer vielleicht eine Menge Sozialstunden, die ich eventuell umsonst ableisten müsste. Falls dies der Fall sein sollte könnte ich aber durchaus mit meiner Freundin der Richterin einen neuen Deal aushandeln, dachte ich mir.

„Und das hast du alles gemacht um mich näher kennenzulernen?", fragte sie mit großen Augen, als sie die ganze Geschichte von mir hörte.

„Jetzt nicht, geh alleine aufs Klo!", schrie ich eine Zweijährige an, die gerade versuchte, mich darüber zu informieren, dass sie mal müsste.

„Ja! Ich glaube ich habe mich in dich verliebt!", gab ich meine Gefühle zu.

„Aber deswegen kannst doch nicht auf dem Schulhof…!"

Bevor sie das aussprechen konnte nahm ich allen Mut zusammen und küsste sie. Direkt auf den Mund! Hört sich jetzt nicht so atemberaubend an, nur war das für mich das erste Mal, wenn man Schlitzbronsa nicht dazuzählt. Da kein ruckartiges Wegschubsen und auch kein wildes Beschimpfen zu verzeichnen war, fühlte ich mich in meinem Vorhaben bestätigt.

„Du küsst miserabel!", hauchte sie mir nach paar Sekunden ins Ohr.

„Beim letzten Mal als ich das machte hatte ich danach eine Hundezunge im Gesicht!"

„Muss mich wohl mit einigen Gepflogenheiten noch anfreunden, wenn ich mit dir zusammen bin!", lächelte sie mich an.

Auch ich war ihr in den letzten Tagen aufgefallen meinte sie, als wir gerade zusammen auf der Toilette waren, um einem Kleinkind den Hintern abzuwischen.

„Und warum hast du nie was gesagt?", fragte ich, als ich sie zärtlich in den Arm nahm.

„Hatte andere Probleme. Der ganze Scheiß hier geht mir so was von auf die Nerven!"

Da waren wir auch schon an unserem Problem angelangt. Sie war fast mit ihren Sozialstunden fertig, ich hatte noch tausendeinhundertsiebenundneunzig vor mir! Hätte ich gewusst, dass ich offene Türen einrennen würde, nie wäre ich auf den Gedanken gekommen, auf ein so hohes Urteil zu hoffen. Auch sämtliche Bitten seitens der Richterin brachten nicht viel. Ich musste tatsächlich die kompletten Stunden abarbeiten.

„Ich werde auf dich warten!", flüsterte sie mir noch ins Ohr als wir uns leidenschaftlich am Ausgang verabschiedeten.

Sie hatte gut reden. Sie war bereits wieder in der langersehnten Freiheit. Ich durfte mich noch eine gewisse Zeit mit diesen Quälgeistern herumschlagen.

„Koi Sex vor der Ehe!", hörte ich noch von einer weiteren Kindergärtnerin, die kniend vor Jesus lag. Lediglich einen kleinen Griff an ihren Busen erlaubte ich mir, als sie sich nun endgültig von mir verabschiedete.

Die Zeiten ohne sie waren in diesem Kindergarten der reinste Horror. Nur eines konnte mich am Leben erhalten. Der Feierabend, an dem ich sie endlich in die

Arme schließen konnte und natürlich Onkel Alberts Gras. Tausendzweihundert Stunden können eine verdammt lange Zeit sein. Ohne ein gewisses Doping hätte ich diese Zeit auf gar keinen Fall überstanden. Jede freie Minute verbrachten wir nun miteinander. Ich lernte ihren Freundeskreis kennen und natürlich auch ihre Eltern. Die Mutter war der absolute Wahnsinn. Ohne weiteres hätte sie die jamaikanische Staatsbürgerschaft bekommen können. Völlig cool mit einem Hang zum völligen Leichtsinn. Mit ihr verstand ich mich äußerst prächtig. Ganz das Gegenteil war ihr Vater. Ein erfolgreicher Anwalt, der den ganzen Tag in Anzügen rumlief, die einen Preis hatten, von dem man locker ein kleines Häuschen bei uns zu Hause kaufen konnte. Dementsprechend kühl war auch das erste Treffen. Mit großen Augen sah er mich an als ich vor seiner Tür stand.

„Wir gäbet nichts!", sprach er leise, als die Haustür von ihm aufgemacht wurde.

„Das wundert mich nicht, will aber auch gar nichts. Möchte zu Ihrer Tochter!", antwortete ich und gab ihm die Hand. Bei „wir gäbet nichts", war auch der Händedruck mit beinhaltet, denn er verweigerte mir diesen. In meinem Kulturkreis bedeutete das so was wie Krieg. Aber wie sollte man einen Mann angreifen, der einen ganzen Fuhrpark von schicken Autos hatte.

Diesen sah ich nämlich noch kurz, während ich in seinen Garten pinkelte. Eigentlich hatte er ja Glück, dass er mir nicht die Hand gab, ein wenig Urin hätte er schon abbekommen. Abtröpfeln bei völliger Dunkelheit will gelernt sein.

„Sie sind also der neue Freund meiner Tochter!", sprach ihre Mama und bot mir gleich einen Drink an.

„Ja schon, dann musst du meine neue Schwiegermama sein!", antwortete ich und versteckte noch kurz den Mercedes-Stern, den ich paar Minuten zuvor von einem Auto abgeschraubt hatte. Während ihre Mutter und ich uns rege unterhielten, beobachtete mich ihr Vater mit Argusaugen. Nur bruchstückhaft konnte ich die Konversation von ihm und meiner Freundin mit-verfolgen.

„Spätzle, des ko net doi ernscht soi, oda?, der isch oina der nemmet Droge!", sprach ihr Vater und schüttelte sie heftig am Arm.

Mir war das völlig egal, was der Alte gerade sagte. Meine neue Mama liebte mich, was mir auch das herzhafte Kraulen durch meine Rastalocken zeigte.

„Papa, der ist ein ganz lieber Mann. Der will nur das Beste für mich!", sprach sie und nahm seinen Arm von ihrer Schulter.

„Ha, das Beschte. Das Beschte ist wohl unsa Geld!",
schrie er und deutete auf die sündhaft teuren Gemälde
an der Wand. Genau diese waren mir allerdings auch
schon aufgefallen. Komische Bilder waren das. Ein paar
Striche, unzählige undefinierbare Kästen mit
irgendwelchen Farben drinnen. „Einfach nicht schön
war das", fand ich und malte das Bild zu Ende. Der
dicke Edding half mir dabei. „Da wird sich der Künstler
aber freuen, dass ich sein Werk zu Ende gebracht habe.
Vielleicht hatte er ja keine Zeit mehr und musste es
damals schnell verkaufen um an schnelles Geld zu
kommen!", dachte ich mir und unterschrieb neben
seinem Namen. „Kandinsky" und „Rasta-Men" standen
nun rechts unten auf dem Bild.

„Und was mascht beruflich?", fragte mich der Alte,
während die Haushälterin die Suppe brachte.

„Ich? Ich bin im sozialen Bereich tätig", antwortete ich
brav und gab meiner Freundin einen Klaps auf den
Hintern.

„Was hoischt des genau?", bohrte er nach.

„Ich leiste gerade Sozialstunden im Kindergarten ab,
weil ich Drogen verkauft habe."

Fünf Minuten brauchte er, um die verschluckte
Maultasche wieder ans Tageslicht zu befördern.

„Ja dann soll er mich halt nicht nach meinem Beruf fragen!", antwortete ich, als ich in die bösen Augen meiner Freundin blickte.

„Das kann man auch ein wenig umschreiben!", fluchte sie mir ins Ohr und klopfte dabei ihrem Vater auf den Rücken.

„Was hast du denn gesagt, als du im Kindergarten warst?", fragte ich entsetzt.

„Praktikum wegen meinem Studium", kam es trocken aus ihr heraus.

So lief also der Hase. Meine Herkunft wollte ich dann aber doch nicht verleugnen und blieb bei meiner Fassung. Das wiederum brachte mich bei ihrem Vater keinen Schritt weiter, bei ihrer Mutter schon. Am liebsten hätte sie gleich einen Adoptionsantrag gestellt und mich in die Familie aufgenommen. Das wiederum kam mir gerade recht. Ein weiteres Zusammenleben mit meiner Oma konnte ich mir beim besten Willen nicht mehr vorstellen. Jeden Tag wurde sie böser und auch das Verabreichen verbotener Substanzen brachte nicht mehr viel. Mit der Zeit gewöhnte sie sich einfach daran. Der Nachtisch war deshalb genau der richtige Zeitpunkt, um mein Leben in andere Bahnen zu lenken.

„Ach Sie haben es so schön hier. Ein großes Haus mit so viel Luxus. Ich muss gleich wieder ins Asylantenheim und hoffen, dass ich heute Nacht mal nicht überfallen werde", seufzte ich beiläufig, als gerade die Deko-kirsche genüsslich gegessen wurde.

Bei ihrem Vater konnte ich eine gewisse Schadenfreude durchaus erkennen, bei meiner neuen Mama kamen die Muttergefühle heraus.

„Wie Asylantenheim?", fragte sie mich total geschockt. Auch meine Freundin war auf diese Geschichte sehr gespannt, dass zumindest verriet mir ihr fassungsloser Gesichtsausdruck. Brandanschläge, wilde Schießereien und sämtliche weitere Horrorstorys verpackte ich in meine Erzählungen. Der Alte sah mich mit einem Blick an, der sagen sollte, dass er mir dies gönnte. Meine Freundin konnte es nicht glauben, dass ich so einen Scheiß erzählte. Nur meine Mama war zutiefst getroffen.

„Das geht nicht! Wir müssen den Jungen da raus holen!", konnte ich noch leise aus der Küche hören, als ich die Beiden belauschte. Viel verstand ich nicht, auf dem anderen Ohr musste ich mir die Beschimpfungen meiner Freundin anhören.

„Sag mal, spinnst du!", das kann jetzt alles nicht wahr sein, oder? Willst du hier wirklich wohnen?", fragte sie mich, während sie den Mercedes-Stern in meiner Hose fühlte.

„Hast den geklaut?", wurde ich ein weiteres Mal gefragt.

„Nein! Der war auf der Kühlerhaube, da gehört der nicht hin!", beantwortete ich energisch ihre Frage.

Um technische Details von Autos wollte sie sich wohl in diesem Moment nicht kümmern, sondern fing lieber das Überlegen an. So schlecht fand sie den Gedanken gar nicht. Das Dachgeschoss war ausgebaut und genügend Platz war auch. Zudem kam ein entscheidender Faktor dazu, sie liebte mich und wollte eigentlich auch jede freie Minute mit mir verbringen.

„Das erlaubt mein Vater nie! Nie!!", kam nach einiger Zeit des Grübelns von ihrer Seite.

„Wer ist denn bei euch der Chef?"

„Meine Mama!"

„Bingo, gewonnen!", dachte ich mir siegessicher.

So war es dann auch. Einige Tage später zog ich in eine echt vornehme Villengegend.

„Aller Anfang ist schwer! Wir müssen uns erst aneinander gewöhnen!", sprach ich zu meinem neuen Schwiegervater, als er nachts durch eine dicke Rauchwolke zum Kühlschrank ging.

„Wie oft soll ich das noch sagen, dass ich es nicht mag, wenn du hier rauchst?!", schrie er mich zornig an.

„Tschuldigung, habe ich vergessen!"

„Ach noch was. Wenn du noch einmal deine künstlerische Ader an einem meiner Bilder auslässt, werde ich nie Enkel bekommen. Das verspreche ich dir!", sprach er ganz leise und deutete mit einem Messer auf sein Geschlechtsteil.

„Das Bild war noch nicht fertig! Habe ich nur zu Ende gemalt!"

„Dieses Bild kostet ein Vermögen, aber davon verstehen solche Inselaffen wie du nichts!"

„Schon gut, werde ich nicht mehr machen. Muss jetzt aber hoch, will noch mit Ihrer Tochter schlafen, bevor Sie mich entmannen!", schrie ich ihm noch schnell hinterher, bevor er mich mit seiner Faust treffen konnte. Das konnte er nie hören. Immer wenn das Thema auf den Tisch kam, drohte er mir. Eigentlich war unser Zusammenleben echt klasse. Mit meiner

Freundin verstand ich mich prächtig, ihre Mutter vergötterte mich und an die ständigen Drohungen gewöhnte ich mich mit der Zeit. Die Zeit im Kindergarten ging ebenfalls recht locker von der Hand, was sicherlich auch daran lag, dass ich alle Tätigkeiten dem Lehrling überließ. Das war an sich nicht schlecht, nur brachte es mich nicht so ganz weiter. Was bringt einem eine coole Hütte mit Pool, wenn man keine Zeit dafür hat. Ich musste aus dieser Kindertageseinrichtung raus, und das so schnell wie möglich. Meiner Meinung nach war ich immer noch ein klassischer Justizirrtum und teilte das meinem Schwiegervater, dem Staranwalt, auch so mit. Die Stimmung zwischen ihm und mir war mittlerweile ganz gut, was aber sicherlich auch daran lag, dass ich ihn eines schönen Tages mit der Haushälterin erwischte und er mir doch so einiges für mein Schweigen bot.

„Wie viele Stunden hast du schon dort gearbeitet?", fragte er mich in seiner Kanzlei beim Brüten über dem Strafgesetzbuch.

„Keine einzige!"

„Aber du warst doch andauernd da!"

„Das schon, aber ich hab nichts gemacht!"

„Warum wundert mich das nicht? Weiß das eigentlich meine Tochter?"

„Glaube nicht, dass sie das interessiert. Aber Gegenfrage, wie küsst eigentlich unsere Haushälterin?"

„Ich denke wir können so verhandeln, dass einige Stunden auf Bewährung ausgesetzt werden. Ich kenn die zuständige Richterin ganz gut!", war seine genervte Antwort.

Na das war doch mal eine Ansage.

„Ich verlass mich auf dich, Papa. Kann ich mir deinen Benz kurz ausleihen, muss in die Stadt?"

„Spinnst du, ich verleihe doch nicht mein Heiligstes!"

Nach einigen Andeutungen von wilden Küssen, lieh er ihn mir natürlich. Wie gesagt, unsere Beziehung wurde immer besser.

Er schaffte es tatsächlich mich aus den Sozialstunden rauszuboxen. Wie er das machte, wollte er nicht sagen, auch nach einigen harmlosen Drohungen nicht. Im Endeffekt war es mir auch egal. Ich musste nicht mehr fremden Kindern den Arsch pudern, sondern konnte mich endlich dem widmen, was ich am Besten konnte, relaxen. Mit einer schönen Bong am eigenen Pool liegen, was gibt es besseres? Alles lief ausgesprochen gut. Meine Mama versorgte mich jeden Tag mit dem Nötigsten, mein Papa ließ mich in Ruhe, nur meine Freundin machte regelmäßig Stress. Denn im Gegensatz zu mir wusste sie über ihren Vater keine schmutzigen Details. So musste sie jeden Tag arbeiten und konnte nicht mit mir das Leben genießen.

„Warum muss ich jeden Morgen aufstehen und du kannst bis Mittags schlafen?", fragte sie mich.

„Weil du Deutsche bist und nicht wie ich die jamaikanische Staatsangehörigkeit hast.

„Hä, was hat das damit zu tun?"

„Artikel 3 in unserer Verfassung: Jedem Jamaikaner ist es untersagt vor zwölf Uhr mittags das Bett zu verlassen. Und glaub mir Schatz, ich bin ein guter Staatsbürger und halte mich an sämtliche Gesetze!"

„Das wär das erste Mal, dass du dich an irgendetwas hältst. Aber ich komme schon noch dahinter, was hier abgeht!", sprach sie und gab mir einen Gutenachtkuss.

Auf der einen Seite war dieses Leben echt cool, vor allem da Onkel Albert nun doch öfters nach Stuttgart flog. Aber so ganz alleine, den lieben langen Tag am Pool verbringen, war dann doch nicht so ganz mein Fall.

Auch mein Vater konnte es nicht ganz nachvollziehen, dass ich nicht so schnell nach Hause wollte. Meine Oma war wieder gesund, die Sozialstunden „abgearbeitet" und auch meine Mutter konnte mir nun endlich verzeihen. Einer Rückkehr stand deshalb eigentlich nichts mehr im Wege.

„Weißt Papa, ich wohne im Moment bei einem echt erfolgreichen Anwalt und der ist so von mir begeistert, dass ich in seine Fußstapfen treten soll!", sprach ich am Telefon zu meinem Vater, der das alles nicht begreifen konnte.

„Wie meinst du das mein Sohn?", sprach er. Ich konnte ein Ausblasen des Rauches durchaus hören.

„Der will, dass ich in seiner Kanzlei anfange!"

„Als Sekretärin, oder was?"

„Natürlich nicht, als Anwalt!

Jetzt kam zum Ausblasen auch noch ein lautes Husten dazu.

„Als was?", schrie er so laut, dass ich es auch ohne Telefon hören konnte.

„Als Anwalt!"

„Ah! Dann hast du die letzten drei Monate dazu genutzt ein Abitur zu machen, fünfzehn Semester Jura zu studieren und sämtliche Staatsexamen zu bestehen. Gratuliere, bin stolz auf dich mein Sohn!"

Bis auf das Wort Abitur kannte ich die ganzen Bedeutungen nicht, war mir aber auch egal. Ich bin jetzt Anwalt. Dies teilte ich meinen Vater, und was noch viel wichtiger war, auch meinem Schwiegervater mit. Die Reaktion von diesem war genau dieselbe wie bei meinem Vater. Nur, das er sich am Wein, und nicht am Joint verschluckte. Auch meine Freundin fragte mich, ob ich noch ganz dicht wäre, als sie mich in einem Anzug vor dem Spiegel sah.

„Zu Gericht kann ich ja wohl kaum mit meiner alten Jeans gehen, oder!", rief ich ihr hinterher, als sie gerade ihre Freundin anrufen wollte, um dieser die Neuigkeiten zu berichten.

„Ja, ich bin jetzt Anwalt und in ein paar Wochen fahre ich auch so einen geilen Wagen!", dachte ich mir und zog die Robe meines Schwiegervaters an.

Kapitel 6: Ich, der Anwalt

Ich konnte ihn erpressen wie ich wollte, keine Chance hatte ich mit meinem Anliegen. Er laberte die ganze Zeit irgendetwas von studieren und jahrelanger Berufspraxis und er sähe keine Möglichkeit, dass ich jetzt schon als Anwalt arbeiten könnte. Auf das dumme Gesicht meiner Freundin konnte ich ebenfalls verzichten. Sie saß mit ihren Mädels auf der Couch und lauschte den Worten ihres Vaters. In regelmäßigen Abständen drehte sich eine von denen um und fing lauthals das Lachen an.

„Was ist denn bitteschön so lustig?", fragte ich schon irgendwie irritiert.

„Nichts, die Lockenperücke schaut bombastisch aus!", schrie sie mit einem heftigen Lachkrampf heraus.

Genau diese besorgte ich mir noch in einem Kostümverleih. Ich wollte an meinem ersten Tag bei Gericht auch standesgemäß erscheinen. Durch einige unnötige Gesetze und Vorgaben wurde ich in meinem Vorhaben energisch gebremst und so blieb dann nur das nette Angebot meines Schwiegervaters übrig. Er würde mich als Praktikant einstellen, so könnte ich alle wichtigen Arbeitsabläufe in seiner Kanzlei kennenlernen. Eine spätere Übernahme durch mich schloss er nicht aus, nachdem ich unserer Haushälterin einen kleinen Kuss zuwarf.

Die Robe, die Lockenperücke und den schwarzen Anzug konnte mir meine Freundin beim Frühstück noch ausreden, nicht aber den braunen Aktenkoffer. So schlenderten wir alle gemeinsam in die Kanzlei von meinem Papa. Die anfängliche Euphorie wich schnell wieder, als auch durch mehrmaliges Hinsehen kein eigener Schreibtisch zu erkennen war. Ich musste mir mit dem Lehrling einen teilen. Auch das von mir geforderte Büroschild „Anwalt für besondere Drogendelikte" hing noch nicht vor meiner Tür.

„Scheißladen!", dachte ich mir. Ich bastelte selber eines und klebte es über das Eigentliche. Das war vollbracht und so konnte ich mich nun endlich meinen eigentlichen Aufgaben widmen. Eine Akte fiel mir schon länger ins Auge und so blätterte ich diese durch.

„Krass, welche hohen Tiere mein Papa so alles vertritt, aber von nichts kommt nichts!", dachte ich mir beim Lesen der diversen Schriftstücke. In einem der letzten schlug die Staatsanwaltschaft einen Deal vor, diesen wollte mein Papa aber nicht annehmen.

„Warum nicht?", dachte ich mir und griff zum Hörer.

„Staatsanwaltschaft Stuttgart, was kann ich für Sie tun?", hörte ich am anderen Ende der Leitung.

„Oh, Entschuldigung, habe Ihre Nummer gar nicht gesehen", war der freundliche Nachsatz der Telefondame und verband mich gleich zum zuständigen Staatsanwalt.

„Ah, also doch! Nehmen Sie meinen Vorschlag jetzt an!", hörte ich nach einer ewigen Warterei sofort und ohne persönliche Begrüßung.

„So ist es mein lieber Staatsanwalt, so ist es. Schließen Sie den Deckel auf die Akte und lassen Sie uns zusammen Golf spielen gehen!", sprach ich mit verstellter Stimme. Diese Aussage fiel auch immer bei diversen Gerichtsserien im Fernsehen. Bevor komische Rückfragen kommen konnten, legte ich auf und beglückwünschte mich selber zu meinem ersten gewonnenen Fall. Was machte mein Papa immer wenn gerade die gesamte deutsche Justiz verarscht wurde? Füße auf den Tisch und Zigarre an! Diesem Vorbild wollte ich folgen und machte genau das Gleiche. Aber nicht lange! Wie ein wildgewordener Stier stürzte mein Schwiegervater in das Büro und schrie mich an, nicht aber ohne vorher das Büroschild unsanft zu entfernen.

„Spinnst du, den Staatsanwalt anzurufen!", schrie er mich so an, wie ich es noch nie zuvor bei ihm gehört hatte.

„Warum?", kam leise von mir zurück. Ich war nach wie vor von meiner Heldentat überzeugt und konnte die ganze Aufregung nicht ganz nachvollziehen.

„Du hast für einen meiner besten Mandanten zwei Jahre ohne Bewährung „raus gehandelt", der ist aber völlig unschuldig."

„Papa, das war ich damals auch und musste trotzdem diese Sozialstunden ableisten. Außerdem, Recht haben und Recht bekommen sind immer noch zwei unterschiedliche Sachen!", auch diesen Spruch kupferte ich natürlich ab. Er stellte mich vor die Wahl. Ich könnte weiterhin bleiben wenn nie wieder ein Telefon von mir bedient würde, oder ich fliege hochkant raus.

„Wie könnte ich meinen Beruf ohne Telefon ausüben?", überlegte ich mir und lehnte dieses Angebot ab. Dummerweise fand ich in anderen Kanzleien auch keinen Job als Anwalt und so musste ich meiner eigentlichen Beschäftigung nachgehen. Faul am Pool liegen und kiffen konnte ich eben doch am Besten!

Während ich meine Zeit mit den wirklich wichtigen Dingen verbrachte, musste meine Freundin jeden Tag für ihren Vater arbeiten, bei besonders schweren Fällen sogar abends und nachts. Da traf es sich natürlich ausgesprochen gut, dass die beiden in einem Haus wohnten. Das zumindest war die Meinung von ihm, sie hatte eine ganz andere. Nach einigen Wochen wollte sie einfach ihre Ruhe.

„Scheiße", ich will einfach mal nach Hause kommen und die Füße auf den Tisch legen. Geht aber nicht, muss schon wieder für meinen Vater arbeiten!", sprach sie beim Abendessen.

„Ja das kann ich gut verstehen, geht mir genauso!", antwortete ich mit einem leichten Gähnen. Der Wecker hatte irgendwie versagt und klingelte erst um kurz vor siebzehn Uhr.

„Lass uns eine eigene Wohnung suchen!", schallte es mir entgegen.

Irgendwie hörte ich nur eigene Wohnung. Warum denn das auf einmal, hier war es doch super. Großes Haus, eigener Pool und eine Mama, die einem jeden Wunsch von den Lippen abliest.

„Ach komm Schatz, hier ist es doch geil!", sprach ich, in der Hoffnung, dass dies nur ein Fehlgedanke war.

„Ich will einfach mal meine Ruhe von dem Alten!"

„Aber mir gefällt es hier!"

„Du kannst auch woanders den ganzen Tag nichts machen, das muss nicht unbedingt hier sein!"

Auch weitere durchdiskutierte Nächte brachten nichts. Sie wollte unbedingt eine eigene Bude, um nicht immer ihrem Vater hilflos ausgeliefert zu sein. So kam es auch, dass jeden Samstag die Immobilienangebote genauestens studiert wurden.

Kapitel 7: Will Smith

Was muss ein Mann in seinem Leben alles machen? Ein Kind zeugen, ein Haus bauen und einen Baum pflanzen. Alle drei Sachen wurden bis dahin konsequent ignoriert. Obwohl man bei uns zuhause sagte, zehn Pflanzen zählen so viel wie ein Baum. Somit konnte ich einen Punkt schon mal von der Liste streichen. Durch meine Erfahrungen im Kindergarten auch einen zweiten. Kinder würden in meinem Leben keine Rolle spielen, blieb nur noch der letzte, ein Haus bauen. Sollte meine Freundin weiterhin ein so hohes Arbeitspensum ableisten, könnte ich dieses Ziel locker erreichen, dachte ich mir. Auch nach mehrmaligem Bitten und Betteln wollte sie aber nicht mehr arbeiten und so kam nur eine kleine Wohnung zur Miete in Betracht. So ganz verstehen konnte ich ihre Entscheidung nicht. Ich denke, man muss auch auf die Bedürfnisse seines Partners eingehen, und meine waren nun mal ein großes Haus mit eigenem Pool.

„Dann geh halt selber arbeiten und lieg nicht den ganzen Tag auf der faulen Haut!", schrie sie mir entgegen, als sie sich gerade auf eine Zwei-Zimmer-Wohnung bewarb.

„Geht leider nicht, darf doch nicht mehr telefonieren!"

„Gibt auch andere Jobs!"

„Ich arbeite nur als Anwalt. Meine Erfolgsquote spricht wohl für sich. Einen Fall angenommen und gleich gewonnen."

Ein leichtes Kopfschütteln konnte ich noch erkennen, als sie fluchtartig das Wohnzimmer verließ. Ich blieb bei meiner Meinung, sie allerdings auch bei ihrer. Nur eines war ziemlich dumm bei dieser Sache. In Deutschland herrschte ein ungeschriebenes Gesetz: „Wer zahlt schafft an!" Zuerst sagten mir diese Worte nichts, wurden mir aber etwas später sehr verdeutlicht.

„Ich habe eine gute und eine schlechte Nachricht. Welche willst du zuerst hören?", sprach meine Freundin, als sie nach einem 14-Stunden-Tag wieder nach Hause kam.

„Mir egal! Habe eigentlich nur Hunger, was gibt's denn heute?"

Die Passage mit der „faulen Sau" und „nichts im Haushalt machen" überhörte ich gekonnt, nicht aber ihre neuesten Umzugspläne.

„Die Gute ist, wir ziehen tatsächlich in ein Haus. Die Schlechte, mein bester Freund zieht mit ein.

Ich kramte gerade in ihrer Handtasche, um etwas Essbares zu finden, als mich diese Worte trafen.

„Wie bitte? Dein bester Freund. Ist das der „beste Freund" der dir andauernd in den Ausschnitt schaut?"

„Der studiert Medizin, das macht er nur aus Forschungszwecken!"

„Wir gründen eine Wohngemeinschaft, in der alles vertreten ist. Medizin, Justiz und für dich finden wir auch noch etwas. Ist doch geil, oder?", war ihr Nachsatz.

„Ja ganz geil!", sprach ich, als endlich eine alte Nussschnecke von mir entdeckt wurde.

Sie war von ihrem Gedanken nicht mehr abzubringen und so kam es auch, dass wir nur einige Wochen später tatsächlich in ein Haus gezogen sind, ohne Pool und Dienstmädchen versteht sich. Sämtliche Zimmer wurden mit irgendeinem unnötigen Mist belegt, so blieb mir nur noch der Keller für mein Hobby.

„Rauchen und schlafen kannst du auch ohne Fenster!", sprach derjenige, der Freude daran hatte, fremde Menschen aufzuschneiden, um irgendwelche Tumore rauszuholen. Ich war ja von Anfang an von dieser Idee nicht sonderlich begeistert, aber dass es so schlimm sein würde, war mir neu. Jeden Abend saßen sie zusammen und redeten über ihre Erlebnisse. Ich konnte nicht wirklich viel dazu beitragen.

„Die siebenstündige Operation am offenem Herzen war schon etwas ganz Besonders!", sprach der zukünftige Medizinnobelpreisträger.

„Mit dem Freispruch konnte ich wirklich nicht mehr rechnen!", war die Antwort meiner Freundin auf seine Frage, ob der Massenmörder die Todesstrafe bekommt.

„Bei Richter Hold war heute auch was super Interessantes!" war mein Beitrag zu dieser regen Unterhaltung.

Die verdrehten Augen der beiden sah ich nur ansatzweise.

Natürlich war das nicht besonders zufriedenstellend, selbst für einen Jamaikaner nicht. Aber was sollte ich machen? Meine Karriere als Staranwalt endete noch, bevor sie begann und das nur, weil man mir sämtliche Kommunikationsmöglichkeiten nahm. Auch weitere Versuche meinen Schwiegervater vollzuschleimen scheiterten kläglich. Irgendwie machte er mich für den Auszug seiner Tochter verantwortlich. Für vieles konnte ich in der Vergangenheit etwas, bei diesem Punkt war ich aber völlig unschuldig. Ich konnte mir auch ein anderes Leben vorstellen, als in einem dunklen Keller zu hausen und mir jeden Abend die neuesten Heldentaten anzuhören. Wäre ich nicht regelmäßig von meiner Mutti zum Mittagessen eingeladen worden, hätte ich das Tageslicht überhaupt nicht mehr gesehen. Eine neue Aufgabe musste her und das auch noch ziemlich schnell.

Was konnte ich am Besten? Abgesehen vom Strafverteidigen waren das Drogenverkaufen und Schlafen. Da bei ersterem die liebe Justiz bereits ein verschärftes Auge auf mich geworfen hatte, blieb nur das letztere, schlafen, aber nicht alleine.

„Ja klar ich werde ein Kavalier!", schoss es mir durch meine Birne. Ich sah fantastisch aus, das zumindest bestätigte mir mehrfach meine Mutter. Außerdem kam ich aus einem südländischen Land und darauf fuhren die Damen hier völlig ab. Wie oft kam es bei mir zuhause vor, dass ältere Damen sich einen meiner Kumpels „mieteten". Mich wollte damals niemand haben, was aber sicherlich nur daran lag, dass ich damals schon einen ziemlich intellektuellen Eindruck machte. Mit der besten Laune, die ich seit langem hatte, ging ich in unser gemeinsames Wohnzimmer und berichtete den beiden Nobelpreisträgern meine bahnbrechende Idee. Lautes Gelächter konnte ich vernehmen, was mich allerdings besonders störte, auch von meiner Freundin.

„Schatz, das ist jetzt nicht dein Ernst, oder?"

„Doch, ist es!", kam es recht schroff von meiner Seite.

Ihr komischer Kumpel kotzte vor lauter Lachen fast in das Couchkissen.

„Mäuschen schau dich doch mal an. Die Frauen stehen auf Männer mit Muskeln und nicht auf, naja!"

Ich sah auf meine Arme und fragte, was denn nicht passte.

„Naja, sagen wir mal so. Es gibt bestimmt welche die muskulöser sind!"

„Und warum hast du mich dann genommen?", fragte ich doch leicht entsetzt.

„Deine Locken sind so süß!"

Jetzt kotzte ihr Freund nicht nur fast.

„Ihr werdet schon sehen, dass ich das schaffe!", schrie ich und verschwand recht zügig aus den heiligen Hallen. Nach seinem „Beinah-Erstickungstod" erholte sich ihr Kumpel wieder und fragte nur, ob sie das nicht stören würde.

„Du meinst, dass er mit fremden Frauen etwas machen will?"

„Ja!"

Noch bevor das erste Wort aus ihr herauskam, fing auch sie das Lachen an. Nach zwei Minuten herzhaftem Kreischen dann doch eine Antwort.

„Ne, da mach ich mir keine Sorgen!"

Auch sämtliche „Begleitagenturen" vertraten dieselbe Meinung wie diese zwei Kasper. Mit 169cm Körpergröße und 61Kg Gewicht, ist es schwer vermittelt zu werden, meinte eine Agenturchefin.

„Aber meine Zöpfe sind doch süß, oder nicht?"

„Ja schon, das langt aber nicht!", sprach sie und zeigte recht höflich auf die Tür.

„Mir doch egal, dann mache ich das halt selber und verdiene noch mehr, weil ich keine dumme Provision zahlen muss!", beschloss ich.

„Und wie viele Frauen hast du schon beglückt?", schrie es mir aus der Küche entgegen, als ich gerade nach Hause kam.

„Ach leck mich doch am Arsch. Lass mich in Ruhe und schneid lieber irgendwelchen Leuten die Herzen raus!"

„Hab ich es dir nicht gesagt, keine, aber auch wirklich keine einzige hat er abbekommen, nur dich!", sprach er und versuchte meine Freundin in den Arm zu nehmen. Diese zuckte noch nicht mal weg, sondern ließ es gewähren.

„Mir doch egal, was die machen. Bald hat sie den schärfsten Typen von ganz Stuttgart als Freund!", waren meine Gedanken als ich gerade den Gemeinschaftscomputer hochfuhr.

„Nichtrauchender, durchtrainierter Jamaikaner (195 cm groß, 92 kg) sucht großzügige Dame für einen gemeinschaftlichen Abend."

Diese Anzeige kopierte ich von jemand anderem und fügte nur „Jamaikaner" ein. Tatsächlich bekam ich in kürzester Zeit mehrere Anfragen, was sicherlich auch daran lag, dass ich zu meiner Beschreibung auch das passende Bild verschickte.

„Und wie willst du das erklären, wenn du auf einmal daherkommst?", fragte meine Freundin als sie mich heimlich dabei beobachtete.

„Meine süßen Zöpfe werden sie schon ablenken!",
antwortete ich, gab ihr einen kleinen Kuss und
schnappte mir eine Hantel. Verdammt schwer waren
diese und so beschloss ich, dass drei Übungen reichen
mussten.

„Magst du mit mir schlafen, noch ist es umsonst?",
fragte ich sie und küsste dabei meinen Bizeps.

„Sorry Schatz, habe morgen noch eine wichtige Klausur.
Muss echt noch lernen."

Irgendwie war ich von ihrer Ignoranz genervt. Sie
glaubte nicht, dass ich nur einen Auftrag bekommen
würde.

„Die wird sich schon noch wundern. Bald steht sie
wieder winselnd vor meinem Bett und bettelt nur
darum!". Mit diesen Gedanken schlief ich ein.

Der E-Mail-Verkehr mit meiner Bekanntschaft war
äußerst nett. Man konnte sogar sagen, die
Konversation zwischen„Gutgebauterinsulaner19 und
„Herrin der Nacht 52", war schon etwas ganz
Besonderes. Nur einige Fachausdrücke sagten mir nicht
so viel.

„Schatzi, hast du kurz mal Zeit für mich?", fragte ich
meine Freundin beim Frühstück.

„Ein leichtes Murmeln konnte ich zwischen Kauen und Lesen der Tageszeitung hören.

„Sag mal, was bedeutet denn SM und Hodenbehandlung?"

Jetzt hatte ich ihre ungeteilte Aufmerksamkeit und nicht nur ihre. Auch der gerade aus dem Bad kommende Mitbewohner beteiligte sich nun rege an der Konversation.

„Die will dir in die Eier treten!", schrie er mir mit einem lauten Lachen entgegen.

„Wie Eier treten?", fragte ich etwas konsterniert nach.

Sie nahm eine Mandarine vom Obstteller, legte sie auf den Tisch, und haute dreimal herzhaft drauf.

„Das will die machen!"

Mit beiden Händen, schützend vor meinem Gemächt fragte ich nur, ob das wahr sei.

„Yep!"

„Ne oder!"

„Aller Anfang ist schwer, gerade in diesem Business!", dachte ich mir und beendete sofort den Schriftwechsel mit „Herrin der Nacht 52". Auch meiner zweiten Wahl

„Suche Putzsklaven" schenkte ich jetzt nicht mehr so viel Aufmerksamkeit. Blieb nur noch eine, die mein Interesse hatte.

„Hat dir eigentlich schon mal jemand erzählt, dass du verdammt viel Ähnlichkeit mit Will Smith hast?", fragte mich „Hausfrau 65". Bei der letzten Zahl hoffte ich, dass dies das Geburtsdatum und nicht das Alter war.

„Du sag mal, wer ist denn Will Smith?", fragte ich den gerade zufällig an meinem Zimmer vorbeikommenden Stararzt.

„Will Smith? Das ist ein Schauspieler! Warum?"

„Nur so!"

„Ne oder? Du hast nicht Bilder von dem verschickt und dich für ihn ausgegeben?", fragte er mich, als er noch schnell einen Blick auf den Monitor erhaschen konnte, bevor ich ihn ausmachte.

„Hat halt gepasst. Schwarz, durchtrainiert und gutaussehend!", beantwortete ich seinen irren Blick.

„Du bist so krank!", konnte ich noch leise hören, bevor er mein Zimmer verließ. Ich konnte mich jetzt nicht mit irgendwelchen zweitklassigen Ärzten rumschlagen.

Vielmehr brauchte das neue Business meine komplette Aufmerksamkeit.

„Sollte ich leger in Jeans und Turnschuhen auftreten oder doch lieber in Anzug und Krawatte?", überlegte ich vor dem Spiegel und sah beiläufig zu meiner Hantel. Eine weitere Übung fand ich nicht mehr nötig, als das Muskelshirt den Vorzug bekam.

„Ja das schaut doch super aus!", kommentierte ich selber mein Spiegelbild.

„Gibs ihr Willi!", schrien meine beiden Mitbewohner und hielten mir die Wohnungstür auf.

„Schatz, brauchst nicht eifersüchtig sein, mache das nur für unsere Zukunft!", sprach ich und verabschiedete mich so, als ob ich in einen Krieg müsste.

„Schon klar Schatz!", lachte sie mit ihrem Kumpel und haute mir lustvoll auf den Hintern.

Ich war der festen Überzeugung, dass ich in diesem Moment jede haben konnte, jede! Der Treffpunkt, den ich mit „Hausfrau 65" ausmachte, war ein kleines Hotel in der Stadt, zu dem ich natürlich auch standesgemäß mit dem Taxi fuhr. Das Geld lieh ich mir vorher noch von meiner Freundin. Der Schuppen war schon etwas Besseres und so keimte Hoffnung in mir auf, dass meine Kundin reich war. Sehr viele ältere Damen waren in der Lobby, schwer behangen mit Schmuck und Pelzmänteln. Sie warteten alle auf einen Typen wie mich. Nur dummerweise wussten sie das noch nicht, denn niemand würdigte mich nur eines Blickes. Ich sah mir die gesamte Lobby an und traute meinen Augen nicht. Meine Schwiegermama stand direkt vor mir.

„Hey, was macht denn mein Lieblingsschwiegersohn hier?", fragte sie mich hocherfreut.

„Ich bin geschäftlich hier und du?", kam als Antwort.

„Ich auch. Warte hier auf einen Geschäftspartner. Stell dir mal vor, der sieht fast so aus wie Will Smith!"

Gut, jetzt wusste ich eines. Nicht nur mein Schwiegervater hatte Dreck am Stecken, sondern sie auch. Das war zwar gut zu wissen, brachte mich nur nicht richtig weiter. Irgendwie kam der Gedanke auf, dass dies doch nicht der richtige Weg war um meine Langeweile zu besiegen. Im Internet lauerten nur Perverse oder Verwandte, oder perverse Verwandte!

Mit erwartungsvollen Mienen standen meine Freundin und ihr Superarzt an der Tür und wollten wissen, wie es gelaufen ist.

„Ja super. Weißt du eigentlich, dass deine Mutter auf schwarze Schauspieler abfährt?"

Sie konnte mir nicht ganz folgen, war aber sehr erleichtert, dass nichts mit einer anderen Frau gelaufen ist. Das erzählte sie mir noch spät in der Nacht in unserem Bett.

„Schatz ich liebe dich so wie du bist!", sprach sie und drückte ganz fest meinen Oberarm.

„Hast du heimlich trainiert, der ist so dick!", fragte sie mich und schmunzelte ein wenig.

Kapitel 8: Heimat

„Gut, das war dann mal ein richtiger Griff ins Klo!",
überlegte ich mir und versuchte irgendwie die
Kellerfenster aufzubrechen. Gelang mir aber nicht und
so musste ich immer noch mein ödes Dasein in diesem
Kellerloch fristen. Mittlerweile war ich fast ein Jahr in
Stuttgart, was wiederum bedeutete, dass der Winter
kurz vor der Türe stand. Der Sommer war ja schon
kaum auszuhalten mit dem ganzen Regen, aber diese
kalte Jahreszeit ging gar nicht. Da meine Freundin sich
lieber um ihre Karriere als um mich kümmerte, ich
immer noch keinen passenden Job gefunden hatte, und
mir sowieso alles auf den Sack ging, entschloss ich mich
einen kleinen Heimaturlaub einzulegen. Da nur leider I
überhaupt kein Geld für ein Flugticket da war, musste
ich wieder meine „Betteltour" starten. Eigentlich wollte
ich in die Videothek gehen, „Men in black" ausleihen,
diesen mit meiner Schwiegermama ansehen und sie
nebenbei um ein bisschen Geld anpumpen. Da sie aber
diejenige war, die immer zu mir hielt, strich ich diesen
Gedanken ganz schnell wieder. Blieb eigentlich nur
noch meine Freundin. Sie war sowieso mit den
Gedanken ganz woanders und bestimmt froh, mich ein
paar Wochen nicht sehen zu müssen.

„Du Schatzi! Du hast doch bestimmt nichts dagegen, wenn ich für ein paar Tage meine Eltern besuche, oder?", fragte ich während sie über dem BGB brütete.

„Ne mach nur!", kam gedankenabwesend zurück.

Irgendwie war ich schon ein bisschen enttäuscht, dass sie überhaupt nicht versuchte mich umzustimmen und so fragte ich deshalb genauer nach.

„Du weißt schon wo meine Eltern wohnen, oder?"

„Ja klar!"

„Ich bin bestimmt ein paar Wochen weg!"

„Ich weiß!"

„Vielleicht lerne ich auf dem Flug ja eine andere Frau kennen?"

„Ja kann sein!", sprach sie und war völlig in diesem Gesetzesblatt vertieft.

„So könnte es gehen, wenn ich mich auf diesen Paragraphen berufe!", waren ihre lauten Gedanken.

„Kannst du mir Geld für das Ticket leihen?"

Ein Schwabe kann noch so vertieft in irgendetwas sein, wenn es um Geld geht, wacht der sofort auf.

„Wie Geld?", kam es erschrocken zurück. Sie hatte denselben Gesichtsausdruck wie ihr Vater, wenn es um dieses Thema ging.

„Du weißt schon noch über was wir die letzten Minuten gesprochen haben", fragte ich leicht genervt.

„Das du dich an fremde Frauen verkaufen möchtest! Klar weiß ich das!"

„Das war vor zwei Wochen. Jetzt habe ich dich gefragt, ob du mir Geld leihen kannst, da ich zu meinen Eltern möchte!"

„Wie Eltern?"

Dass sie mir die letzten Wochen eigentlich nie zugehört hatte wusste ich ja, aber das war irgendwie etwas anderes und deshalb wurde ich auch stinkig.

„Gib mir einfach Geld, dann verschwinde ich für ein paar Wochen und du hast genügend Zeit deinen Massenmörder rauszupauken!", schrie ich sie fast an und suchte nebenbei ihre Kreditkarte. Wieder konnte ich keine Zeichen erkennen, die mir sagen sollten, dass es doch schön wäre, wenn ich bliebe. Auch als ich ein paar Tage später meine Koffer packte und mich theatralisch auf den Flughafenboden warf und das Weinen anfing, konnte ich keine Gefühlsregung bei ihr feststellen. Ich sah aus dem Flugzeugfenster, draußen schneite es und ich war wirklich irgendwie traurig. Ich vermisste meine Freundin jetzt schon und irgendwie auch diese Kälte. „Immer das gleiche schöne Wetter ist auch nichts, dann lieber so wie hier!", waren meine Gedanken, als ich friedlich einschlief.

Mein kompletter Freundeskreis, alle meine Verwandten und Bekannten standen am Flughafen und wollten den verlorenen Sohn wieder in der Heimat begrüßen. Das war wirklich ein atemberaubendes Gefühl, dass aber noch getoppt wurde, als zwei meiner Kumpels mich wild betätschelten.

„Bruder, was ist denn das was du anhast?", fragte mich mein bester Freund und zupfte an meinem Ärmel.

„Ne Winterjacke!"

„Krass! Kann man sich damit bewegen?"

Was sollte ich sagen? Vor einem Jahr kannte ich auch noch keine. Ich sah mich um und fühlte mich gleich wieder heimisch. Mein Vater, der komplett zugeraucht war, meine Mutter, die Schlitzbronsas Halsband filzte und meine Freunde, die immer noch unglaubwürdig meine Jacke betrachteten.

„Ne Winterjacke, krass! Wie sind die denn da drauf?",
konnte ich noch hören, als wir zusammen in das Auto
stiegen.

„Hat das Auto eigentlich einen TÜV?", fragte ich
meinen Vater, als ich gerade die Reifen überprüfte.

„Einen was?"

„Einen TÜV!"

Ihm sagte das komische Wort noch etwas von seiner
Zeit in Deutschland und verneinte meine Frage. Meine
Kumpels kannten es natürlich nicht und fragten deshalb
nach.

„In Deutschland braucht jedes Auto einen TÜV. Das
bedeutet, man muss alle zwei Jahre zu einer
Untersuchung und wenn man diese besteht, bekommt
man einen. Ich finde diese Regelung gut!", jeder sah
mich an, als ob ich nicht mehr ganz sauber wäre.

„Siehst, was das Land mit einem macht!", sprach mein
Vater zu meiner Mutter.

„Zwei Wochen hier und er ist wieder der Alte!"

Genau so war es auch. Den Vorsatz, mit dem Rauchen
aufzuhören, vergaß ich nach drei Tagen wieder und
qualmte erst mal die halbe heimische Plantage leer.

„Das ist mein Sohn! Jetzt bin ich wieder stolz auf dich!",
sprach mein Vater und knuddelte mich herzhaft. So
saßen wir das letzte Mal vor knapp einem Jahr
zusammen. Jeder hatte seine Bong vor sich und wir
schauten genüsslich aufs Meer.

„Wie war es denn in Deutschland?", fragte er mich mit
einem lieben, väterlichen Blick in den Augen.

„Kalt!"

„Und außerdem? Was ist aus deiner Kariere als Anwalt
geworden?"

„Drei konnte ich vor dem elektrischen Stuhl in aller-
letzter Minute retten!"

„Und deine Freundin, erzähl mal!"

„Papa, ich bin so verliebt, der Wahnsinn!"

Das war ich wirklich. Die ersten Tage ging sie mir nicht
aus den Kopf. Jede Minute musste ich an sie denken
und vergaß dabei fast die neue Ernte. Mitten in der
Nacht stand ich auf, griff zum Telefon und wollte mit
ihr reden. Durch die Zeitverschiebung musste ich
meinen Schlafrhythmus extrem ändern, was aber nicht
besonders schwer war, denn ich konnte sowieso nicht
schlafen. Immer wieder erschien ihr Gesicht vor

meinen Augen, wenn ich versuchte, diese zu schließen. Noch nie hatte ich einen Menschen so vermisst.

„Ich fliege wieder nach Hause! Ich halte es nicht mehr aus, ich drehe noch durch vor lauter Sehnsucht!", sprach ich bei einem Abendessen zu meinen Eltern.

„Wie fliegen und vor allem wohin?", antwortete mein Vater geistesgegenwärtig. Soviel Reaktionsvermögen kannte ich gar nicht von ihm.

„Nach Hause, nach Stuttgart!"

Meine Mutter ließ die Maultaschen zu Boden fallen, mein Vater griff blitzschnell zu einem Joint und schiss meine Mama zusammen.

„Sohn, dein zu Hause ist hier und nicht bei diesen TÜV-Brüdern!"

„Ich weiß, aber ich vermisse sie so sehr!"

Auch meine Freundin war von dieser Entscheidung alles andere als begeistert. Sie müsste sich auf einen extrem schweren Fall vorbereiten und hätte jetzt sowieso keine Zeit für mich, meinte sie am Telefon, als ich sie über mein Kommen informierte.

„Schatz, bitte lass mich wieder nach Hause!", bettelte ich sie fast an.

„Du schimpfst seit einem halben Jahr, dass es hier zu kalt ist, das die Leute scheiße sind und das man hier nicht ungestört kiffen kann, jetzt willst du wieder so schnell heim?"

„Ja bitte!"

„Das geht jetzt nicht. Bleib noch ein wenig bei deinen Eltern und genieß die Zeit!", sprach sie und legte zeitgleich auf. Minutenlang hielt ich den Hörer noch in der Hand und konnte das alles nicht fassen. Einen unbeschreiblichen Schmerz fühlte ich in meiner Brust, aber auch ein Gefühl von Stolz. Ganz zum Affen wollte ich mich dann doch nicht machen, so entschloss ich mich, wieder am Leben teilzunehmen. Das fiel mir nicht leicht. Die ersten Tage verbrachte ich damit zu weinen. Auch nach zwei Wochen war immer noch das Gefühl der Leere in mir, vor allem, weil überhaupt kein Lebenszeichen aus Stuttgart kam. Nur langsam gewöhnte ich mich wieder ein und fing ganz allmählich an, das Leben zu genießen. Alles das was ich früher tat wurde wieder gemacht. Mit meinen Freunden stundenlang kiffen und am Strand abhängen. Nach einem Monat war es mir auch völlig egal, dass keine Nachrichten auf dem Anrufbeantworter waren. Ich begann zu vergessen.

Kapitel 9: Rückkehr

„Hallo mein Schatz!", schallte es aus dem Telefon. Meine Freundin war dran. Sie meldete sich nach fast zwei Monaten mal wieder bei mir.

„Wer ist denn da?", fragte ich leicht verschlafen. So wie ich früher, vergaß sie auch die Zeitverschiebung.

„Ja ich bin es!"

„Wer ich?"

Ich hatte wirklich vergessen was alles passierte. War dann doch eine sehr gute Ernte von meinem Vater.

„Ich weiß, du bist sauer, aber ich hatte echt viel um die Ohren in letzter Zeit!", konnte ich noch hören, bevor ich den Hörer zur Seite legte, um mir einen mitternächtlichen Joint zu gönnen. Langsam kamen die Erinnerungen wieder und ich schaltete auf den Modus, der mir noch vor kurzem entgegengebracht wurde.

„Ah, meine Staranwältin. Und schon beim Bundesgerichtshof oder musst noch für deinen Vater buckeln?"

„Komm, lass den Scheiß, ich muss mit dir reden!"

„Du weißt wie spät es ist?"

„Oh Scheiße, die Zeitverschiebung! Sorry, bin ein bisschen durch den Wind!", sprach sie und entschuldigte sich zeitgleich.

Egal was mein Vater für Zeug anbaute, es konnte mich trotzdem nicht davor retten, dass alte Gefühle in mir aufkamen. Gespannt lauschte ich ihrer süßen Stimme. Sie entschuldigte sich mehrfach, dass sie so wenig Zeit für mich hatte und bat mich inständig, dass ich doch wieder nach Hause kommen sollte. Zwei Stunden redeten wir miteinander. Von den Gebühren hätte ich auch locker fliegen können.

„Kommst wieder heim?", fragte sie mich mit tränenreicher Stimme.

„Ja klar Schatz! Wie ist denn das Wetter?"

„-10 Grad mit starkem Schnee!"

„Herrlich!"

So wie sie, weinte auch mein Vater, als ich ihm davon erzählte. Er konnte den Verlust seines wiedergewonnenen Sohnes nicht so einfach verkraften.

„Dann komm halt mit Mama einfach mit!", sprach ich, als ihm gerade ein Taschentuch von mir gereicht wurde.

„Wohin?"

„Von was reden wir die ganze Zeit?"

„Du meinst nach Stuttgart?"

„Ja!"

„Nie im Leben. Eher probiere ich die Nikotinpflaster aus!"

„Ach komm, so schlimm ist es dort gar nicht. Wir könnten dort etwas zusammen aufbauen, eine Kneipe oder so!"

Auch der Gaststättengedanke konnte meinen Vater nicht umstimmen und so stieg ich alleine in das Flugzeug, um nach Deutschland zu fliegen. Zwei Herzen schlugen in meiner Brust. Das eine war die unbeschreibliche Sehnsucht nach meiner Freundin, das andere meine Familie.

Das Wiedersehen war genauso, wie ich es mir vorgestellt hatte. Endlich wusste sie, was sie an mir hatte. Natürlich nahm ich für meine sexuellen Dienste kein Geld, sondern verrechnete diese mit dem Flugticket.

Kapitel 10: Meine Tochter

„Magst du eigentlich Kinder", schallte es aus dem Badezimmer.

„Ja klar, am liebsten gedünstet mit einer kleinen Zitrone im Mund", schrie ich zurück.

An einem Sonntag wollte ich über solche Fragen keine Auskunft geben. Ich lag auf der Couch und bewarf das Plastikskelett meines Mitbewohners mit Erdnüssen und sah mir nebenbei einen Film an. Beim Vorspann stand meine Freundin auf einmal vor mir und wedelte mit einem Plastikteil in ihrer Hand.

„Süße, geh bitte aus dem Bild und was ist das in deiner Hand", fragte ich leicht genervt.

„Das mein Schatz, ist ein neues Sexspielzeug."

„Cool, aber warte bitte bis der Film aus ist. Ich weiß, das fällt dir schwer, aber Vorfreude ist die schönste Freude!", sprach ich und strich mir ein wenig zwischen den Beinen, um sie so noch mehr heißer auf mich zu machen.

„Wenn der Film aus ist kannst du mich mal, dann bin ich nämlich alleinerziehende Mutter!"

So schnell hatte ich meinen Finger noch nie an der Fernbedienung und knipste Bruce Willis weg.

„Bitte, was bist du, du kannst gar nicht schwa… sein."

Ich konnte dieses Wort nicht aussprechen, genauso wenig wie mein Vater sich irgendwelche Pflaster auf den Arm kleben konnte. Auf dem Röhrchen stand es schwarz auf weiß: Positiv. „Was war daran positiv", dachte ich mir. „Wir müssen zum Arzt, das abklären lassen."

„Komm zieh dich an, wir fahren gleich los", rief ich ihr in aller Hektik hinterher.

„Es ist Sonntag, da hat kein Arzt auf, Depp."

„Mir egal, Krankenhaus, Notarzt. Von mir aus auch ein Hubschrauber, ich muss Klarheit haben."

Trotz aller Bemühungen wollte kein Heli bei uns im Vorgarten landen und so musste ich mich bis Montag gedulden.

Der Frauenarzt ihres Vertrauens war ein korpulenter älterer Herr in den besten Jahren. Er kam ursprünglich aus einer Gegend, die selbst hartgenossene Schwaben nicht verstanden. Die ersten Befürchtungen bestätigten sich. Sechste Woche!! Mir flog die Kinnlade Richtung

Neuseeland. Wie konnte das passieren, ich hatte sämtliche Sicherheitsvorkehrungen *sorgfältigst* eingehalten, und jetzt das. Ihre Freude hielt sich auch in Grenzen. Sie wollte eigentlich noch ein paar Steuerhinterzieher retten und dann mit mir zusammen das Leben genießen.

„Warum hast du denn nicht aufgepasst?", sprach ich beim Einsteigen in unser Auto.

„Warum ich?"

„Weil du die Frau bist!"

Anscheinend hatten sich schon so manche Schwangerschaftshormone bei ihr eingeschlichen, denn es entbrannte sofort ein Riesenstreit. Bei mir zuhause war die Aufgabenverteilung zwischen Mann und Frau genauestens geregelt. Die Frau kümmerte sich um die Verhütung und um den Lebensunterhalt der Familie. Der Mann macht den Rest. Schlafen und gelegentlich mal eine Glühbirne wechseln. Hier war das völlig anders, erklärte sie mir. Schon bei den ersten Sätzen ihrer Ausführung wurde es mir schlecht. Ich konnte es mir wirklich nicht mehr vorstellen, den ganzen Tag zu arbeiten.

„Mann, weißt du noch wie das damals im Kindergarten war?", fragte ich sie und lehnte mich weinend in ihre Arme.

„Das war der totale Wahnsinn! Und jetzt bekommen wir selber so etwas!"

Keiner von uns beiden wollte dieses Wort aussprechen. Das Wort Kinder war so wie das Wort Entzugsklinik. Ihr Vater wollte mich beinahe steinigen, als wir ihm davon berichteten. Ihre Mutter war begeistert, sie hatte wohl die Hoffnung, dass es eine Ähnlichkeit mit Will Smith bekommen würde. Trotz seiner Abneigung sagte er uns völlige Unterstützung zu.

„Auch wenn es mir nicht passt, wir sind jetzt eine Familie!", sprach er und nahm mir den Edding aus der Hand. Eines seiner Bilder wollte ich gerade noch vervollständigen.

So langsam musste ich mich an diesen Gedanken gewöhnen und suchte deshalb in meiner knappen Freizeit gelegentlich mal einen Spielplatz auf, um das ganze Treiben zu beobachten. Wie ein Spanner saß ich auf der Parkbank und sah zu. Ein Vater spielte liebevoll mit seinem Sohn, eine Mutter turnte auf dem Klettergerüst mit ihren Zwillingen. Irgendwie erkannte ich ein kleines Lächeln auf meinen Lippen.

Den zwei Meter großen Teddybär musste ich wirklich noch schnell an der Tanke besorgen und machte mich mit diesem und einer wirklich guten Laune auf den Weg nach Hause. Schon bereits an der Eingangstür kamen mir vertraute Töne entgegen. Meine Freundin hing mal wieder kotzend über der Kloschüssel und fluchte wie ein Rohrspatz.

„Scheiße verdammte! Das soll jetzt neun Monate so gehen?", hörte ich auf dem Klo.

„Nein, nur die ersten vier sind so schlecht!", antwortete ich und überreichte ihr ein Taschentuch.

„Woher willst du das denn wissen?"

„Hat mir eine Mutter erzählt. Die habe ich heute auf dem Spielplatz kennengelernt und die muss es wissen, die hat Zwillinge.

„Was machst du auf einem Spielplatz, wieder Drogen vertickt?"

„Wollte ich eigentlich, brauche aber selber noch etwas!", gab ich schmunzelnd kontra.

„Was ist das eigentlich?", fragte sie mich und deutete auf das überdimensionale Stoffspielzeug.

„Für meine Tochter, das erste Geschenk von ihrem Papa!"

„Und das muss jetzt die ganze Zeit hier auf der Couch sitzen?"

„Yeap!"

„Spinnst du? Wo soll ich mich jetzt hinsetzen?"

Wir fanden einen schönen Platz und nicht nur das. Wir begannen uns auch langsam auf unser Kind zu freuen.

„Ich kann dich mir gar nicht vorstellen als Papa!", sprach meine Freundin, als sie mich gerade beim Drehen eines Joints beobachtete.

„Warum nicht?"

„Du bist doch selber noch ein großes Kind und dafür liebe ich dich auch so!"

Kapitel 11: Geburt

Die ganze Zeit im Auto brüllte sie wie am Spieß und ich konnte mich nicht wirklich auf die Fahrt konzentrieren, geschweige denn auf das gute Lied, was gerade im Radio lief.

„Kannst du nicht mal etwas leiser sein?", fragte ich doch recht freundlich und deutete auf das Radio. Da kam einmal ein Lied von Bob Marley und die musste plärren wie eine Verrückte.

„Entschuldige bitte, dass ich gerade deine Tochter auf die Welt bringe!", stöhnte sie unter einer Wehe.

„Die sind gar nicht so schlimm, hat mir die Frau vom Spielplatz gesagt!", antwortete ich und bat nochmal um etwas Stille.

„Arsch blöder!", zischte es mir entgegen, als sie krümmend am Airbag hing.

„Pass auf, sonst geht der noch auf!"

Das Lied war mittlerweile zu Ende und so konnte ich mich um meine in den Wehen liegende Freundin kümmern.

„Immer schön hecheln!", gab ich ihr den Rat.

„Hat das auch die Frau vom Spielplatz gesagt?"

„Nein, mein Papa, wenn er wieder etwas Neues anbaute, ich es probierte und halb bewusstlos auf dem Boden lag."

In meinen Augen war zwischen einem Drogenrausch und Wehen kein großartiger Unterschied. Um eine hitzige Diskussion führen zu können, fehlte uns leider die Zeit. Das Krankenhaus war schon in Sichtweite und Dank meiner Terroranrufe, die ich noch während der Fahrt tätigte, stand die ganze Ärzteschaft am Eingang auch schon parat.

„Wo sind denn die ganzen blutenden Leute vom Terroranschlag?", fragte mich der Chefarztprofessor.

„Keine Ahnung, ist mir aber auch egal. Hier will gerade meine Tochter ein weinig Tageslicht sehen!", sprach ich in voller Hektik und schubste ihn zu meiner Freundin.

„Ich warte hier auf hundert Leute, die gerade in die Luft gesprengt wurden!"

Mann, der glaubte den Scheiß immer noch, den ich ihm am Telefon erzählte, so musste ich meiner Bitte etwas mehr Aussagekraft verleiten.

„Pass ma auf. Hier ist meine Tochter drinnen und die will raus. Wenn du das jetzt nicht machst steck ich dir einen Joint in den Arsch und zünde ihn an!", schrie ich und deutete auf meine schreiende Freundin.

„Das wird ein Nachspiel haben!", fluchte er und machte tatsächlich das, was ich von ihm verlangte. Natürlich waren sämtliche Vorbereitungen in diesem Moment zunichte gemacht worden. Monatelang freute ich mich darauf in den Kreißsaal zu kommen, und jetzt durfte ich nicht.

„Ihre Frau behandle ich natürlich, Sie kommen hier aber bestimmt nicht rein!", schrie die Spaßbremse und deutete auf die Tür. Da saß ich nun und starrte auf das Nichtraucherschild. „Nichts ist einem hier vergönnt!", dachte ich und griff zu meinem Telefon. Die Zeitverschiebung war mir in diesem Moment scheißegal, als ich meinem Vater die Neuigkeiten berichtete.

„Jetzt sei nicht so nervös, steck dir lieber einen an!", sprach er, als ich hastig das Erzählen begann.

„Ich bin hier in einem Krankenhaus, da darf man nicht rauchen!"

„Spießer!", kam nur trocken zurück.

Ich konnte seine Auffassung ja irgendwie teilen. Bei uns gab es keinen einzigen Platz wo man nicht rauchen durfte. Eine halbe Stunde konnte er mich von meinen eigentlichen Problemen ablenken, dann wurde es mir aber ein bisschen zu teuer. Ich vergaß in aller Hektik vor dem Gespräch eine Sparvorwahl zu nehmen.

„Sorry Papa, hier isch grad wasch passiert!", sprach ich und wunderte mich selber über mich. Natürlich war das gelogen, ich konnte ihm aber nicht erzählen, dass ich jetzt auf mein Geld aufpassen müsste.

„Ach komm Scheiß drauf. Ich bin Jamaikaner und lasse mir das Rauchen doch nicht verbieten!", dachte ich mir nach weiteren fünf Stunden im Wartezimmer. Der erste war schnell durchgezogen und auch der zweite konnte mir meine Nervosität nicht nehmen.

„Entschuldigung! Ich habe Sie gerade beobachtet!", sprach eine Krankenschwester, als sie mich beim Drehen des dritten sah.

„Ja bitte. Ich weiß, man darf es nicht, konnte aber nicht anders. Mir auch egal was auf mich zukommt, der Oberarzt verklagt mich sowieso schon wegen Anstiftung zum Massenmord."

Sie konnte meinen Ausführungen nicht ganz folgen, wollte sie auch gar nicht. Vielmehr bat sie mich darum,

auch einen kleinen Zug nehmen zu dürfen. Ich
verneinte dieses, drehte ihr aber einen eigenen. Kiffend
saß ich mit einer Krankenschwester im Wartezimmer
eines Krankenhauses und wartete auf die Geburt
meiner Tochter. Jamaikaner sind nie pünktlich, auch bei
der eigenen Geburt nicht. Meine Kleine ließ mich noch
sieben weitere Stunden warten, erst um Mitternacht
konnte ich sie das erste Mal in meine Arme schließen.

„Ich bin dein Papa. Etwas chaotisch vielleicht, das sagt
zumindest dein Opa, aber eines verspreche ich dir,
meine kleine Prinzessin. Ich werde immer auf dich
aufpassen!", hauchte ich ihr ins Ohr und gab ihr ein
Küsschen auf die Stirn.

Kapitel 12: Alle zusammen!

Die ersten Wochen waren natürlich nicht besonders einfach, machten aber trotzdem saumäßig Spaß. Endlich hatte ich eine Aufgabe, die mich auch super glücklich machte. Ich kümmerte mich um unsere Tochter, meine Freundin ging recht bald wieder Geld verdienen. Alles lief bestens, wenn da nicht immer mein Heimweh gewesen wäre. War ich auf Jamaika, vermisste ich meine Freundin, war ich in Deutschland, fehlten mir meine Eltern. Besonders die Gespräche mit meinem Vater gingen mir ab. Zwei Telefongesellschaften kündigten mir schon, da sie mit ihrer Flatrate nichts an mir verdienten. Als meine Kleine endlich schlief, griff ich wieder mal zum Telefon und wählte die heimische Nummer. Zuerst drehte sich das Gespräch um die typischen Dinge. Ernte, neue Bong und eine Ehefrau, die die Plantage am liebsten platt machen würde.

„Es ist nicht einfacher geworden, seit du nicht mehr da bist!", stöhnte mein Vater in das andere Ende der Leitung.

„Ich vermisse euch doch auch!", kam nicht weniger traurig zurück.

„Außerdem sehe ich nie mein Enkelkind!", war der bestürzende Nachsatz aus Jamaika.

„Dann setz dich ins Flugzeug und komme her!", sprach ich ohne vorheriges Nachdenken.

„Nie im Leben. Nie, aber auch wirklich nie betrete ich nochmal schwäbischen Boden!"

Dummerweise hatte er das Telefongespräch auf laut geschaltet und so hörte meine Mutter mit. Diese war von meinem Vorschlag äußerst angetan und teilte mir das auch mit.

„Sohn ich mache das schon. Ich freue mich so, dass ich Oma geworden bin. Werde deinen Vater schon in den Flieger schleifen!", sprach meine Mutter.

Tatsächlich passierte ein kleines Wunder. Nach über zwanzig Jahren stand mein Vater wieder am Stuttgarter Airport und fluchte herzhaft los, nicht aber sich vorher davon zu überzeugen, dass seine Schwiegermutter irgendwo lauern könnte.

„Ist die Alte auch da?", fragte er mich leise, während wir uns herzhaft umarmten.

„Welche Alte?"

„Na, deine Oma!"

„Ne ist zuhause geblieben, die wollte dich nicht sehen!"

„Mann ist die nachtragend. Das war vor zwanzig Jahren!"

Er sah genauso aus wie ich damals. Drei Winterjacken hatte er an und es fror ihn immer noch erbärmlich.

„Scheiße ist das kalt hier!", fluchte er auf dem Weg zum Auto.

„Es ist Mai, wir haben zwanzig Grad!", wiedersprach ich ihm.

„Sage ich doch, schweinekalt!"

Wäre nicht seine Enkeltochter gewesen, er wäre sofort wieder heimgeflogen. Diese machte aber was sie wollte mit ihm. Selbst seine heiligen Locken durfte sie malträtieren.

„Macht doch nichts. Das bisschen Brei geht doch ganz schnell wieder raus!", sprach er nach dem Füttern und gab ihr einen ganz festen Kuss auf die Wange. Meine Bekannten vom Spielplatz waren mittlerweile auch seine Freunde und er wagte es tatsächlich, nur mit einem Winterpulli anstatt mit drei Jacken, das Haus zu verlassen. Eine weitere glückliche Fügung schlich sich in mein Leben. Der komische Mitbewohner bekam einen

Job an einer Superklinik. Was aber noch besser war, dieser sollte in New York sein und somit konnte er mir nicht mehr auf die Nerven gehen. Im Kombinieren war ich nie eine besondere Leuchte, aber eines konnte ich durchaus feststellen. Großes Haus, wenige Leute, das passte irgendwie nicht. Mit meinem Vorschlag lief ich offene Türen ein. Jeder am Tisch konnte es sich vorstellen, auch mein Vater.

„Ich liebe meine Insel über alles, aber seit ich diese Kleine hier kenne bin ich nicht mehr der Selbe. Habe erst sieben Joints geraucht seit ich hier bin!", sprach er und knuddelte wieder seine Enkelin.

„Wenn ihr mir versprecht, dass die Alte mir nichts antut, bleiben wir hier!", war der Nachsatz, der mein Leben wieder glücklich machte. Wir saßen zwar nicht mehr auf unserer Terrasse und schauten aufs Meer, die Fototapete war aber auch nicht schlecht.

Herstellung und Verlag:
BoD- Books on Demand,Norderstedt
ISBN:978-3-7494-9858-1

Weitere Bücher von Jürgen Kowalski:

Das hab ich mir verdient

Ein Jamaikaner in Stuttgart

Übern Ruhrpott lacht die Sonne, über München die ganze Welt!